# 菊解闲人意

郑金辉 著

海峡出版发行集团
海峡文艺出版社

2017年3月出席全国首届"家风·孝道"诗词创作大赛颁奖典礼

请教孙绍振教授时的合影

怀古咏史致远旦誉昔厚

今赋诗篇藏月寻芳凝睿

智怡情理性含幽远

贺金辉同志《菊邻闲人题付梓》

二〇一九年春　林文肯

中纪委驻国务院侨务办公室纪检组原组长林文肯贺词

郑金辉吟友诗集菊解闲人意
出版画一此以贺己亥元宵
莆阳方纪龙於福建省文史馆

福建省文史研究馆馆员、研究馆诗书画研究院副院长方纪龙画菊祝贺

# 序

孙绍振

初冬，我在书斋里见到《菊解闲人意》的作者，给我的第一印象，很健谈，阅历丰富，知识面宽，思维敏捷，有灼见之明。他刚从机关岗位退休，算是老者了，但能利用业余时间创作诗词，的确不简单，而且能在几年时间里写就一本书，更是令人惊喜。纵观这本诗词集，有不少特色值得提及。

诗词取材丰富。这本诗集有一千来首，题材十分可观，基本上涵盖山水、田园、咏史、怀古、亲情、风俗、时事等传统题材，而且让人眼前一亮的是，"读典随笔"一章，精彩纷呈。记得明代有本教材《龙文鞭影》就是广泛收集典故，采用四言，上下两句对偶，各讲一个典故。今天我看这章诗集如出一辙，真让人惊喜，不能不说作者的独具一格，而且每个典故的演绎如此精湛，叫人赞叹不已，诗词创作爱好用典之人值得一读。再如"自述聊慰"一章，给我印象很深，诗贵在真情。这部分比较难写，但作者能从自身经历感受出发，真实反映自己的情感，而且比兴得当，含蓄幽深，诗味浓厚，同时也看出作者忧民情怀，勤政敬业，有过艰难困苦的历练，是难得的一章。以上列举两章的创作题材也许会有不同的看法，但我还是鼓励大胆去尝试。

诗作格律严谨。我浏览诗集后发现，该书专作"平水韵"之诗，无一首例外，看来作者对近体诗情有独钟。说起近体诗，是针对古体诗相对的叫法，是古典诗歌中的一种艺术形式，实现了整齐化、对仗化、声律化，由此产生对称美、音韵美，使中国语言之美在格律诗中得到综合体现。试读这本诗集，真切感受到圆美流转，如贯珠走盘，这就是格律诗的精妙之处。清人沈德潜就曾讲过："诗以声为用者也，其微妙在抑扬抗坠之间。读者静气按节，密咏恬吟，觉前人声中难写、响外别传之妙，一齐俱出。"我觉得该诗集可作为格律创作方面的交流用书。

组诗创作极具特色。关于组诗问题，古人都有大量的创作，如杜甫《秋兴八首》成为经典，再如范成大使金途中，作了七十二首纪行诗，洋溢爱国情怀，读来感人至深。还有《四时田园杂兴六十首》全面细致、真实生动地表现田园生活。有心读者必然会发现，该书有不少组诗作品，六组"二十四"系列诗作，涉及二十四史，二十四节气，二十四孝，二十四景，二十四凌烟阁里功臣，二十四番花信风，几乎涵盖中国传统文化中的"二十四"这一特有概念，另外还有一些零散的组诗，如《杂咏绶溪景物十一首》，《红颜至尊》八首等一些小型类的组诗，这种类型化的创作对普及知识起到积极作用，我情不自禁地给他起个"组诗达人"之名。

咏史怀古为本书主角。中国历史文化悠久，又是一个诗的国度，咏史怀古历来都是诗人传统之作，作者大都借此抚迹寄慨，感沧桑之变，感今昔盛衰，表达见解鉴戒。本书咏史怀古方面的题材约占一半，几百个典故之作，据事类义，援古证今，从中可以感受到作者的情怀，读之给人启迪。几十篇历史人物故事也是洋洋大观，犹如史海泛舟，漫步历史长廊，足见作者历史文化底蕴的深厚。有历史爱好的读者值得一读。

诗作能力较强。从交谈中了解到，作者原来对诗作不甚熟悉，按他的原话说是在零基础上学习缀诗的，而且能在短时间内完成一本诗集，足见其文字功底之厚、写作之勤。我发现他的诗作中运用文字表达能力比较强，如《十二生肖吟》中每一首的首字就是生肖物，《赋家风四字经四首》中每一首的首句末字都是所咏的四个字。再如《暑季吟》，这是一首离合诗，以题字离合，如果没有文字功底的人是很难写作的。书中还有不少藏头诗。诗歌的修辞手法也很得体，如《梅峰寺赏月笔会步郑会长玉韵》中的尾联"原知仙窟景，只似佛堂花"，两句采用倒装比拟，点化常语为新颖之词。又如《遵义感怀》中颈联"娄山一战雄师振，赤水神兵四渡旋"，这正是清代冒春荣所谓的"犄角对"，还如《追寻茉莉花》中颔联"中原古韵天涯角，角岸穷乡茉莉花"，顶真的修辞技巧也很到位。

总的来看，该书绝大多数诗词真切有味，情理相生，语言流畅，眉目分明，立意深刻，功夫老道。但是有些诗作过于直白，难以吟成"神韵"之句，当然，要求十分完美谁也无法做到。该书还是值得出版，对于广大诗词爱好者来说不失为一本交流学习的好诗集。

2018 年 12 月底于福州

（作者系福建师范大学教授、博导）

# ❀ 目　录 ❀

## 一、吟乡怀人·旧地平居未了情

菊解闲人意

## 二、节令民俗·脉脉清波流不尽

# 三、所遇杂咏·沧溟不必怨澜翻

菊解闲人意

## 四、时事抒臆·俯瞰沧桑天地变

4

## 五、草木有心·任凭冷热和风雨

## 六、诗行山川·转侧青山翻异景

## 七、史海泛舟·评书谈古越千年

## 八、读典随笔·此典文言千古意

目
录

9

## 九、自述聊慰·平生幸是江南客

## 言之用情，言之有物

## 起承转合连贯　意脉深远悠长

## 后记：心若在，梦就在 / 307

# 一

## 吟乡怀人·旧地平居未了情

　　故乡，是多么熟悉的字眼，也是千百年来诗人所咏唱的题材，其中的奥妙，正如陶渊明所说"此中有真意，欲辨已忘言"。

　　我也不例外，吟乡怀人，成为诗意中的一部分。田园与山水，既有乡愁的怀旧，又有思乡的寄望；亲人与老乡，既有天然的亲和，又有地缘的亲近。家乡的变化和发展一直牵动着我的心。

　　走近乡山，与草木同侣；亲近故居，与家人为伴。有时还惦记故乡的诗朋，益情益友，诗肠未断。我诗所言——旧地平居未了情。

# 新莆田二十四景吟

## （一）九鲤飞瀑

何氏飞天乘鲤去，奔泉仍旧化霞烟。

丹炉遗窟流声远，峻壁题书映日前。

祈梦先贤皆有望，自今后辈岂无眠？

徐君若是重游记，唯此仙乡作醉篇。

## （二）龙谷奔泉

匡庐三迭何为峻，龙谷飞泉九漈连。

乱石咽波闻浪怒，残崖绝壁倒松悬。

山腰斜道云霞拂，水面清风鸟羽翩。

忽觉桃源重见日，樵家远市有村田。

## （三）林泉禅武

峰回路转显端倪，赵朴初心健笔题。

遗址残槽犹记忆，僧兵乱马费呻嘶。

曾闻北腿寻常练，更喜南拳万众迷。

威武少林承永定，九莲山寺见虹霓。

注：永定指南北朝的陈朝永定元年，南少林寺原名为林泉院，创建于永定年间。

## （四）江东梅影

江东自古风光秀，稻菽飘香暖碧塘。

浦口还迷听往事，孤亭尚在照斜阳。

谁知梅影归乘鹤？但觉冰轮更湿乡。

故里长怀花性洁，珍珠一斛岂堪藏？

## （五）菜溪幽壑

传闻僧道结庐修，洗菜随波逐叶流。

昔日人烟谁见得，今兹草木独延留。

风光已改云根立，胜境非关石室酬。

造化深山惟一绝，凡间自有慕名游。

## （六）永兴画幛

山行画里迷殊境，远近高低不一裁。

化石肖形皆可拟，观峦貌像各堪猜。

仙人引路连天顶，玉女梳妆照镜台。

谁让神工如此作，留心是处似蓬莱。

## （七）天云石语

刚风吹皱坡陁麓，松树斜身屈不回。

石像传神浑有语，洞天祈梦可驱灾。

群盘错落真情待，众客登临快意哉。

远眺蚶山连海阔，千帆普渡浪平开。

## （八）望江竹浪

举目苍云积满天，青茫一派海山连。

芦溪龙出蜿蜒去，竹浪风吹迤逦延。

步入林间行曲径，路回洞口有幽泉。

峰高气候常无态，变幻阴晴亦自然。

## （九）麦斜云岫

到顶风情拾级游，斜岩有意绕云浮。

峥嵘不是群峰要，磊落生成佛日酬。

仙篆无人知出处，石鸣独自得回眸。

钟山可察奇天象，偶露真容待雾休。

## （十）妈阁风涛

麒山新阁心朝海，付与风涛遏浪舟。

鹭鸟高低环圣影，渔家远近拥琼楼。

神通两岸安航意，佛照中天好彩酬。

妈祖灵光同日月，潮音不息诵千秋。

## （十一）东甲晨光

莆阳亦有真神禹，镇海拦龙遮浪天。

堤内禾苗沾雨露，船头渔伯打鱼鲜。

相邻比屋红霞映，不尽平波白鹭翩。

如此风光谁造境？口碑最念次元贤。

注：次元指唐元和年间始筑东甲堤的裴次元。

## （十二）塔斗夕霞

湄洲湾畔一青螺，自戴王冠望碧波。

日夕烟霞相映塔，渔舟海鸟各穿梭。

枫江两岸丰田绿，古镇长街九市和。

此地草堂犹胜忆，风流韵事俊才多。

## （十三）天马悬梯

此处云梯真曲道，惟从登顶可观天。

水流七漈丰姿别，谷裂五峰幽险连。

小径难攀谁在意？空阶虚倚有啼鹃。

上山容易下山叹，是马几何非马悬。

## （十四）圳湖映碧

——步韵杜甫《秋兴八首（其七）》

圳湖映碧旧时功，旧照依稀在眼中。

雷动夯声翻彩日，人如龙马竞春风。

飞泉直下千田绿，化雨催开万荔红。

引起民间天地唤，能无昔者鲁山翁？

## （十五）浮曦春赏

日出晨曦映所城，霞披风物显幽情。

今朝谁解海疆急，往昔自知宫阙惊。

春赏山花怀血碧，梦祈月夜照神明。

莆禧古迹真含意，已就田畴锦画耕。

## （十六）五侯秋望

闲游沿海一高峰，四面观山不共容。

像状参差何取意，诗成非是也和从。

天生女洞怀秋实，客望儿情醉梦浓。

正德如能重探视，五侯列阵喜相逢。

注：正德指明武宗，在位期间年号为正德，相传他曾游此地。

## （十七）仙洋戏水

疑是天河山让路，神开万壑一仙洋。

平床缓抱清柔水，沃野深含玉露浆。

涉足无尘真境界，舒心到月入云乡。

而今世上皆狂热，就此灵溪可沁凉。

## （十八）清塘栖鹭

昔日清塘谁晓得？旧闻笔赋感芳姿。

云霞倒映惊鱼跃，树绿轻摇宿鹭迟。

水畔炊烟连笋石，湖中渔火接城池。

今朝有意还佳境，更是乡愁月夜思。

## （十九）凤顶无尘

环峰九座发头盘，如凤来仪戴顶冠。

古塔无尘僧有梦，残碑带月笔遗端。

丛林幽处闻啼鹊，各寺香炉问寝安。

石谷逢冬霜鬓白，高山还记御风寒。

## （二十）龟洋积雾

三拜祖师龟隐去，曾闻入化甚神灵。

天然一坳祥云聚，地有重峦瘴气屏。

已喜山茶香淡淡，尤欣泉谷水泠泠。

修身来此传灯照，纵是昏昏也唤醒。

## （二十一）蜚山霜月

形然羽翼蜚山立，俯护仙溪绿意茏。

二漈风流存谷月，连峰气象卧岩龙。

林泉晓雾蒙蒙色，石篆残痕隐隐踪。

是问如斯何有别？前贤书院近禅钟。

## （二十二）雁阵归舟

一脉鳌山脚状爬，抬头只向海天涯。

登瀛阁里书声远，游子杯中汉月华。

未到故乡先见塔，犹逢歧路更思家。

谁无老树寻根梦，雁阵归舟岂畏赊？

## （二十三）尖山瞰海

日出莆阳先映岛，尖山瞰海最晨曦。

珍珠列屿丛丛拥，碧水浮帆点点移。

石屋炊烟风袅袅，田畴种植叶垂垂。

如斯景色犹怀念，凝血丰碑高此坻。

## （二十四）鹅尾观澜

谁言风雨无刀片，刻就朱崖各像形。

乱石岩根鹅尾展，飞戈洞里鹭沙暝。

潮来浪返浮烟渚，月出云开落汉星。

海角天边何所顾，观澜犹叹隔东宁。

注：东宁，郑成功收复台湾后，台湾改称"东都"，其子郑经继位后，又改称"东宁"。这里指台湾。

# 鸣峰岩寺

一座鸣峰千古韵，双峦合掌满经纶。

崖前琪树如屏障，顶上岩龛望世寰。

好是孤舟藏壑里，传疑沧海变田间。

何仙指点虚无路，僻远黄尘自净闲。

# 绥溪曲流

似绥溪流犹自在，悠经几曲缓徐徐。

榕根苍劲盘桥石，菡萏浓阴堰水渠。

白鹭穿花飞满径，红霞倒影入华胥。
林荫步道风情便，转角清波一望舒。

## 老屋追忆

茅草遮墙曾度日，犹怀父辈蔽寒天。
侵风落瓦常无奈，漏雨潮床更苦眠。
灶里炊烟熏泪煮，埕边养畜济贫牵。
诗吟笔赋难言尽，还有穷居未入篇。

## 村里古井

那口甘泉远祖开，于今岁老累青苔。
曾摇木桶深深汲，亦沁麻绳满满回。
饮水农家怀橘井，餐英世代自松梅。
思源应念涓流脉，静月无波入影来。

## 故园怀旧二首

### （一）

登楼举目青山近，旧地平居未了情。
干活休肩田埂路，养家糊口土窝棚。
归迟落日坡翻垦，起早残星岭作耕。

感篆追思恩不尽，老来故里志难更。

## （二）

旧时公社遍神州，群众耕犁屡歉收。

两稻青黄难接济，三餐无有甚饥忧。

追思往事知多少，问起当年道九愁。

欣幸时逢开圣策，租田廿亩退归休。

# 新村采风五首

## （一）

梦筑新村总拆迁，宅基垦复作耕田。

辛劳整地披霞暮，浃背沾衣意志坚。

## （二）

比屋豪华没旧村，乡间路阔达田园。

花红岸绿连城镇，步道林荫摆锦墩。

## （三）

那家置酒临前院，送菜纷纶席满堂。

邀集乡亲为饮客，念兹半百住新房。

## （四）

神奇网络连乡里，日夜田家买卖忙。

快递穿梭村邑路，订单进出乐农商。

## （五）

乡间都市共婵娟，月下农家也舞翩。

媳妇风姿心甚畅，新村已就谱诗篇。

## 梅峰寺赏月笔会步郑会长玉韵

古寺煮金芽，香飘醉万家。
一园清磬杳，九市远光斜。
骚客频挥翰，高僧妙点茶。
原知仙窟景，只似佛堂花。

## 吟友雅聚绥溪柯氏修史堂

柯氏修书古墨香，熏风柳木已初黄。
云霞巧剪诗心赋，共话兴安忆旧堂。

## 游白石院

闲来游古寺，初日照松间。
曲径通幽处，深林隐僻山。
祥云树梢动，岩石水声潺。
满眼金身佛，空心始觉还。

注：白石院位于仙游赖店大僻山内，偏僻幽静。

# 登高望仙游

高处观其景，嗟乎气象新。
横流一川水，纵阔万家邻。
云海浮山巘，烟波动地垠。
何仙疑显出，九鲤在天巡。

注：传说何氏九兄弟在九鲤湖炼药丹，丹成各乘鲤鱼升天成仙，并游此地而得名"仙游"。

# 仙游文庙有题

曾经文物有无中，日照匾联今古同。
百世崇儒终合庙，千秋垂教不移衷。
石桥走过金声誉，池墨薰修玉德功。
若请先师来荟试，泱泱国学又春风。

# 青玉案·蚨山诗社成立周年感赋

蚨山溪畔同舟侣，创基地、周年赋。巧剪兰心吟里度。东门茶馆，伯牙琴语，惟有知音处。　　朝霞初泛才华露，彩笔珠玑引人慕。试问诗情深几许？扬帆学海，任凭风雨，来日春风煦。

# 大蚶书院遗址有感

昔闻书院人，日见石痕真。

才士怀乡隐，薰风化雨辛。

丹心犹映册，碧血已成磷。

我辈情相惜，求贤更慕循。

# 喜闻客山妈祖像落成

湄分妈祖一炉香，气贯兰溪两岸长。

从此仙游新境界，何愁草木感风霜？

# 悼曾德梅

苍天雨泗别梅归，满眼哀风动素帏。

目送花凋云驭去，车来腹痛泪崩挥。

声声裂肺青山湿，朵朵含悲白菊祈。

此恨人间无圣药，但求泉下有芳菲。

# 满江红·美丽莆阳

丁酉金秋月应制而作。

美丽莆阳，写不尽、物华天宝。都说是、荔枝贡品，一呈妃笑。
九鲤仙安兴化府，千秋炉旺湄洲庙。到而今、此地月儿圆，灵光耀。

丝绸路，商潮浩。新常境，文明效。绕壶山兰水，月季花俏。
绮陌连乡春景日，碧城通港康时道。逢盛会、举国梦丰年，千般好。

# 记斑马线上的鞠躬者

忽闻斑马鞠躬翁，点赞千回网络红。
央视声情传地角，莆阳景日映天宫。
从来礼让中华颂，一举修行四海通。
敢叫车盘朝道德，文明警苑笑花丛。

# 闻惠政桥重建有题

一座虹桥两见天，新来旧去系民牵。
同声惠政何相似，看是谁能固永年。

注：惠政桥坐落于仙游游洋乡，本为宋代所建，己卯年毁于一场山洪暴发，时隔十八年在原址上同名仿古复建新桥。

# 莆田博物馆开馆有寄

临溪如意馆，风物映秋光。
典籍乡心韵，青铜故土藏。
蜂群争目悦，月影衬时妆。
我顾民间宝，行将博古扬。

注：如意指博物馆的外形像一柄"如意"。

# 观体育运动会有寄

初冬灿灿菊花开，体苑健儿雄步来。
气入茵场扬彩帜，光从暖日映高台。
垫球上下翻翻起，泳水沉浮滚滚回。
赛引全民参与热，群英竞秀栋梁材。

# 遥祝刘立荣六十五寿辰

欣闻诗虎生辰日，遥祝仁兄六五秋。
橄榄一身精报国，春风几绿弄潮头。
吟情未老凌云概，画意高怀壮志酬。
莫叹孤怜桑梓远，江南有弟与昆俦。

注：刘立荣为中华诗赋网创始人（笔名为"曾经的橄榄绿"）。

# 赋家风四字经四首

## （一）和

吾家崇奉贵为和，世代传承睦可歌。

合奏埙篪同伯仲，相亲妯娌敬公婆。

## （二）实

三纲伦理常修实，九族成员世系清。

处事为人诚礼信，与邻忠厚自扬名。

## （三）勤

苦尽耕犁几代勤，甘来世业一家殷。

许些不在田园作，公务还须再使耘。

## （四）博

人间大爱心胸博，乐善仁慈亮节行。

还读群书增学问，关怀社稷达深宏。

# "中孝杯"首届全国家风孝道诗词创作大赛受奖有感

春回柳绿千花放，一夜吹香到武林。

剪水裁云诗妙韵，敲金击石笔清音。

九寰孝道冰壶濯，四海家风雨露淋。

只作交流圭璧引，情亲才是合吾心。

注：武林指杭州，颁奖在此地举行。

# 三兄弟酉年初三同祝寿抒怀

春遣樟林百艳花，昆俦共贺酉年华。

淘沙鹭岛雄图秀，解法檀槌杰出霞。

碧水兰溪辉日景，青衫白发笔诗葩。

和风细雨催桃李，教育勋贤盛可嘉。

注：雄、辉、盛为三兄弟之名，分别为五十、六十、七十寿辰。

# 伤母亲骨折住院兼忆十八韵

港鲤生身地，贫寒四壁空。

从来无识字，只是一耕童。

愿作文亨妇，劬劳稼事躬。

艰辛穷岁计，勤俭好家风。

哺乳孩儿月，炊烟茅屋篷。

诸禽都畜过，杂务各知通。

早就人丁旺，终全世业丰。

口碑传向外，自己未邀功。

养气慈祥貌，修心博爱中。

相关凡远近，概视总和融。

德惠邻居巷，仁施下厝宫。

宽容诚接物，乐善尽由衷。

表里真忱在，分明笃实忠。

谁清能劈理，处治秉维公。

年迈难堪跌，情亲怎不恫？

萱堂肢骨碎，妯娌眼圈红。

住疗须安慰，扶行莫郁忡。

深恩如大海，仰望感苍穹。

注：文亨为父亲名。下厝为本村地名。

## 偶遇

重逢旧友忆曾经，酒绿飘香慢曲聆。

忽熄灯光传蜡烛，换来烂漫更温馨。

## 寄望侄儿之任晋安区

金鸡山拔萃，喜鹊鸟飞鸣。

众望侄儿志，名扬闽省城。

时时为琐事，日日务躬行。

奋发无遗力，工夫少壮成。

注：金鸡山是福州晋安区的一座名山。

# 题母亲与三曾孙照三首

戊戌新春，母亲的三个曾孙分别从北京、深圳、厦门三地回老家过年，小家伙们与曾祖母相亲相爱，好不温馨，欣慰记之。

## （一）相视
蓬弧入世北京儿，梦里家林好想知。

褓褓颜开初对视，方瞳神识重慈僖。

注：重慈（zhòng cí）释义为祖母。

## （二）牵手
家乡祖脉连千里，奶奶音容越百川。

龆稚早知行孝顺，逢春故里手来牵。

## （三）倚偎
生身鹭岛近家乡，倒是常回过旧堂。

最想依偎曾祖母，心间荡起暖洋洋。

# 柳梢青·春来踏青

爆竹声声，接神迎旦，楼阁红灯。旷野春风，凝烟初散，总算天晴。　同携老幼心情。怎耐住、花开鸟鸣。一片梨花，全家身影，好不温馨。

菊解闲人意

# 随手杂记三首

## （一）友聚

五月乡村紫燕飞，霞光出岭映柴扉。

朝来诗友相邀聚，挽袖采香趁日归。

## （二）诗社

仙溪草木自幽芬，诗社兰香酒更薰。

淡月同舟齐秀句，频杯共韵集祥云。

## （三）答谢

寄语修词来信札，文思泉涌似盘珠。

千山难阻关情在，一世知音有杖扶。

# 遥祝余元钱从教五十年

传书余韵五旬秋，桃李芳华遍九州。

纵有千般真体面，人间最美绛纱帱。

# 步韵余元钱重访仙游东门茶坊原玉

兰溪盈水滟，月色满茶坊。

半百经纶授，三层彩笔彰。

春华秋背影，翰墨老诗肠。

仙侣同舟愿，凌云结社堂。

注：三层指杨逸民《诗词创作的"金字塔"原理》中提出"技术层面、艺术层面、哲学层面"三个方面的创作理念。余老在此授课时提及这个理念。

# 寒潮夜

寒来北塞川，乱卷絮花天。

初透纱窗雪，方知薄被棉。

遥思儿在旅，应是夜堪眠。

苦雨孤飞雁，千丝一宿牵。

# 长相思·岁末归思二首

## （一）

风也愁，雨也愁，愁到长江何尽头？相思千里秋。　　梦难休，念难休，只恨家门无木舟。争能顺水流？

## （二）

人依依，月依依，寒夜沉沉雨恨痴。经年却未归。　　等吟诗，想吟诗，一曲心声叹别离。凭阑望雁飞。

# 吾弟著书家族座谈即事

迎旦堂前聚，风骚各自编。

潜身翻卷帙，伏案著心田。

铭刻青春志，耕耘泰岳巅。

今朝谈庶绩，明日说丰年。

# 听余元钱授课抒怀

东君未到莆阳暖，喜见薰修化雨春。

昨夜牙琴齐鼓乐，今晨凤管动梁尘。

何期绚彩高山影，更待灵风绿草茵。

种玉诗坛传国粹，千花怒放绽奇新。

# 如梦令·林泉寺啖荔笔会二首

要求"寺、诗、荔"三字入词

## （一）

寺外紫云风惠，山上绿荫诗会。试问客官人，正道武林琪蔚。　如意！如意！夹岸荔红垂坠。

## （二）

炎日九莲山寺，甘果叠盘君意。兴尽问骚人，敢请雅声吟荔。　知否？知否？此味岂诗堪比！

# 张师讲座有感

张师独悟诗家语，化石成珠落玉盘。

字字拈来皆快意，牵吟入室育新翰。

# 梅峰寺望月寄远

步韵郑会长原玉。

梅峰寺上望蟾宫，雨洗秋云一净空。
倦鸟归巢随月影，分辉如雪照帘栊。
岂堪客侣他乡远，应是参商此夜同。
千里群山光可度，兹时佛地镜天中。

# 泗华晚望

朦朦月色泗华光，一抹云霞蘸水长。
宛若丹溪风景画，环山并作味清凉。

# 追悼郑金锋

那夜升仙年有五，常怀梦里见容颜。
应知去往严亲合，不尽相思爱弟还。
忆昔高才曾折桂，当时彩笔入通班。
松杉已绿孤坟地，手足连心落泪潸。

# 泪别郑梅姐

寒梅应是近期开，无奈冬风夺蕊来。

忆昔平生多苦日，于今冷落未欢杯。

一身瘦骨空归去，万泪酸心不尽哀。

只有含悲诗作悼，惟求仙逝入瑶台。

# 悼林恭祖

苍天挥泪送斯人，大海浮槎接羽身。

两岸情深难咏尽，同舟诗好易生亲。

寒潮未息无眠夜，晓树何容有雪尘。

一发青山今寄望，唯恭仙逝化开春。

注：林恭祖，祖籍仙游，台湾著名诗人，代表作《春节怀大陆》。

# 登天马山兼寄天马诗社

春分已至草青茏，相约登山快意胸。

北揽清波心地阔，西飞凤羽景时雍。

阁楼序墨峰形胜，天马诗情志气浓。

携手牙琴调管韵，和鸣筑社策吟筇。

# 闻天马阁荒废

传闻天马山风起，不见当年奋跃鸣。
只恨红尘难再继，楼人相对共愁生。

# 七彩石缘

坤灵造化瑶花出，七彩仙乡捧手研。
刻涧鳞龙听水韵，裁云鸿鹤入京天。
方家善举才名载，志事甘临石业镌。
舜日扬光连九域，全凭玉质与君缘。

# 壬辰仲夏装修套房有寄

傍水依山九岳冲，楼台耸立五云中。
园修日月壬辰岁，景萃诗文造化功。
翠竹芳林含紫气，红英锦簇助葱茏。
恩滋万物争辉映，俊彦传承耀祖公。

# 万辉小区赋

水动林花树，鱼游月镜天。

借来悬栈道，从去绕溪泉。

鸟唤晨曦出，蛙鸣夕日还。

小区宜老住，修竹倚余年。

# 樟林村赋

一涧溶溶绕僻原，细泉泄泄润边村。

阡塍莫道无缘阔，比屋分明有约屯。

早出荷锄从古朴，晚来赶犊显忠敦。

樟林遗韵清风致，也合休归种竹园。

# 夏日携孙子在绥溪公园晚宴

佳孙催日暮，喜去坐公园。

跂足闻香味，停盘待晚飧。

清溪凉气爽，杂树月光昏。

老有天伦乐，流霞再满樽。

# 水调歌头·饮酒（和诗友词韵作）

千古忘忧物，百味举杯中。世间天上同乐，惟有此相逢。多少文章谈虎，脸色输于醉汉。问尔诉何衷？望月弄孤影，岂不饮先锋！　少评事，多唱曲，莫争雄。趁闲情致，应效陶令别寒冬。

尽管春阑难荐，自有流霞缘故，秋里见天虹。但愿长年久，日日
接篱风。

## 赴宴

主人置酒客来前，已就佳肴几道鲜。
劝侑殷勤先啖菜，随欢取用即开筵。
举杯抟醉楼心月，凭阁听琴苑里泉。
莫厌频觞招尔啜，情生相属岂非然。

## 茶解酒

秋音乱耳醉如泥，熟识煎茶是老妻。
暮色炉烟频直上，高天月影转回低。
风来绿乳飘香味，咽入枯喉破晕迷。
忽觉心头轻垒块，多君怜我送灵犀。

## 饮绿茶

何能破苦心，惟有绿茶斟。
此物清高质，余香淡雅深。
愁来多慢饮，涤去万烦侵。
许尔常回味，悠然福自临。

二

节令民俗·脉脉清波流不尽

　　我们对节令民俗并不陌生，"每逢佳节倍思亲"早已成为家喻户晓的诗句。一到春节总有那么多人去挤车赶路，已成为一道独特的"风景线"。

　　祖先是从农耕中走出来的，对节气的了解情有独钟。早在《诗经·郑风·溱洧》里，就记载"上巳"这个节日活动，而后"上巳"成了一个传统节日，留下了不少的诗篇。值得一提的是，二十四节气已列入世界非物质文化遗产，我们没有理由不去吟唱。

　　农事无不与节气有关，习俗无不与生活相关，许多风情风俗成为民族的基因，渗透到血液里，人们通过它寄托未来，怀念亲人。国人的民俗情怀源远流长，也触动了我的诗心——脉脉清波流不尽。

# 二十四节气吟

## （一）立春

东风起蛰虫慵振，枯柳生条鸟脆嘹。

唤醒初春谋稼事，却忧早种冻伤苗。

## （二）雨水

好雨陂清獭捕鱼，和风春意雁传书。

水肥润物禾生长，阡陌相闻尽荷锄。

## （三）惊蛰

桃枝吐蕊黄鹂啭，大地闻雷百蛰惊。

漠漠丰田飞布谷，声声催日劝春耕。

## （四）春分

新雷一响日中分，旧燕群归垒上勤。

夜半饭牛皆唤醒，朝来犁地始耕耘。

## （五）清明

树木时花有白桐，山川水雾见霓虹。

风调万物齐明净，雨顺千田长郁葱。

## （六）谷雨

杨花落入浮萍草，戴胜鸣啼隔叶桑。

都是清明催万物，迎来谷雨好禾秧。

## （七）立夏

瓜生翠蔓蚯身出，蛙叫东君凤辇归。

春尽飞花香底土，田间五谷自然肥。

## （八）小满

轻风绿麦甘浆酿，靡草干枯苦菜荣。

蚕茧检来知小满，又闻水岸响蛙声。

## （九）芒种

螳螂出没只为食，反舌无声先幼尝。

此季常常梅雨下，谁家不在作耕忙。

## （十）夏至

鹿角长新知夏至，金蝉始续噪声鸣。

天因闷热催梅雨，门外田田菡萏清。

## （十一）小暑

温风至暑鹰如鸷，岂学蛐儿檐下藏。

赤日当空何畏晒，农家更喜稻禾黄。

## （十二）大暑

夏夜纳凉萤做伴，清樽消暑数星光。

倏然飞电时行雨，好助农田插晚秧。

## （十三）立秋

夏余暑气虽炎热，秋至寒蝉始噪稀。

睡起寻声窗外望，萧黄桐叶景初微。

## （十四）处暑

处暑徂炎鹰祭鸟，凉风盈袖叶知秋。

禾田始肃须勤力，杂谷乃登天道酬。

## （十五）白露

群鸟知寒齐换羽，众人觉冷始更衣。

天官已就秋黄色，凝露茫茫雁字飞。

## （十六）秋分

田园始见虫坯户，窗外难闻闪电声。

又是秋分平昼夜，金风抽穗谷丰盈。

## （十七）寒露

鸿雁南飞雀养羞，黄花初上菊枝头。

赏心何必春华绿，秋实田园景更幽。

## （十八）霜降

金风始洌虫咸俯，以露田园五谷香。

劳作经年丰稔熟，农家更喜数粮仓。

## （十九）立冬

天神授命迎冬立，地冻风涛水始凉。

百姓寒来犹醒骨，心思种麦赶田忙。

## （二十）小雪

风寒地冻虹难见，野菊村边正艳开。

若问初冬何景别，田家蔬菜任移栽。

## （二十一）大雪

北国纷纷银粟下，相传荔挺出冰峦。

遥闻麦盖三床被，最想馍馍每日餐。

## （二十二）冬至

习俗烧香祭祖先，家传冬至食汤圆。

怎堪冻坏相思草，但见溪边直冒泉。

## （二十三）小寒

水仙袅叶摆花盘，腊树迎霜破小寒。

大雁思乡飞北向，南边重结鹊巢欢。

## （二十四）大寒

风吹北户萧萧雪，怨绿愁红不忍看。

借问严冬何日尽，大寒过后渐阑珊。

# 忆江南·春节习俗六首

## （一）忙扫巡

挑双日<sup>①</sup>，还得盼熙阳。洗晒家私除旧垢，扫巡<sup>②</sup>房子布新装，庭院满春光。

## （二）食年糕

多少户，舂米做年糕。村俗农家筹食品，红团<sup>③</sup>豆腐算佳肴，何不显余饶？

## （三）祭灶公

年廿四，拜谢灶公恩。祈祷上宫求赐福，来年天帝保民殷，都说会酬勤。

## （四）守岁夜

除夕夜，灯火亮天明。倒福贴联燃爆竹，围炉<sup>④</sup>守岁盼安宁，宛若满天星。

## （五）过新年

初一到，开始过新年。迎旦早餐长寿面<sup>⑤</sup>，接神鞭炮吉祥连，能不笑开颜。

## （六）做大岁<sup>⑥</sup>

初四五，习俗再团圆。纪念抗倭怀武毅<sup>⑦</sup>，重新做岁独莆仙，佳节倍思源。

注：

①双日：莆田仙游两地群众的吉利偶数日。

②扫巡：莆仙话意为大扫除。

③红团：莆仙特有食品，由水、米粉、食物红参和揉成团皮，包有糯米、绿豆等馅料，味道有咸有甜。有红火、团圆之意。

④围炉：莆仙话意为全家围坐一起吃团圆饭。

⑤长寿面：指线面，莆仙话意为长寿命。

⑥做大岁：莆仙两地在明朝嘉靖四十一年腊月二十九日夜被倭寇攻陷，无法过年，到次年正月廿五日，戚继光兵到光复，老百姓才返回家里过年。后来为了纪念，约定正月初四五，两地重新围炉做岁，称作大岁，除夕夜为小岁。

⑦武毅：指戚继光，因卒谥"武毅"。

# 端午感怀五首

## （一）

楚人已去水流长，竞渡龙舟并吊殇。

包叶角黍怀旧事，经年艾草感新伤。

无端风雨离骚唱，有恨江山蕙若亡。

庙里灵均千载过，谁家又在断愁肠？

## （二）

千古悠悠哀郢泪，犹怀泽畔汨罗江。

无忧稚子尝兹粽，未解龙舟为哪桩。

天问奇葩求正道，九歌美政想安邦。

半壶浊酒今来祭，纵目滔滔血满腔。

注：此首拈"江"韵而作。

### （三）

从来多事古湘州，犹忆汩罗千代秋。

郑袖无端诒妖媚，怀王偏信发昏头。

离骚楚地终归去，天问江河总是羞。

不少香花皆美喻，谁知心血负东流？

### （四）

童年午日浴兰情，老去才知草木轻。

不效枯蒿悬户牖，但祈蒲酒祝苍生。

无端琴瑟霜丝密，有待湘江浊水清。

谁解灵均吟泽畔，高天难问任浮菁。

### （五）

浑然斯水汩罗悠，也有深怀竞渡舟。

共聚新堂包角粽，同题古韵唤珠喉。

犹闻泽畔千年唱，岂慰灵前半日酬。

脉脉清波流不尽，沙鸥谓我意何求？

注：此首在绥溪柯氏修史堂吟唱。

# 丁酉端午过虎啸潭有寄

今来虎啸龙舟忆，屈子戚军兼韵声。

忧国怀沙吟泽畔，抗倭化碧嵌英名。

同沉遗骨年年祭，兹念流泉细细生。

唤起时人鼕鼓击，端阳更待水潭清。

注：虎啸潭为仙游抗倭古战场遗址。戚军为明嘉靖年间的戚家军。

# 暑季吟（以题字离合）

闲家游水清凉日，者里炎忙刈早禾。

子索农粮糊入口，今忧天降雨飘沱。

注：作家施蛰存在《唐诗百话》书中介绍了"离合诗"创作方法，以题字离合，叫离合诗。吾也学作一首《暑季吟》，就是第一句末字与第二句首字合并为"暑"字；第二句末字与第三句首字合并"季"字；第三句末字与第四句首字合并为"吟"字。

# 西江月·七夕写兴

天上牛郎愁渡，人间情侣成狂。西园欢会满风光，道是新人高唱。　　七夕偏逢秋涨，鹊桥无奈情长。黄昏无语对低昂，只是星河摇荡。

# 丁酉国庆抒怀

蛟龙南海舞，魑魅浪中拈。

量子通空宇，天宫绕月蟾。

民淳尧舜上，气象世人瞻。

是处描风景，初心倍自添。

注：量子指量子通信。天宫指天宫二号空间实验室。

# 咏五德鸡五首

　　鸡被称为德禽，源自《韩诗外传》有段话："头戴冠者，文也；足傅距者，武也；敌在前敢斗者，勇也；见食相呼者，仁也；守时不失者，信也。"

## （一）鸡文

头戴花冠似凤凰，咕歌羽舞爱风光。

闲游自在村边树，时弄清音引首吭。

## （二）鸡武

彩服红冠爱武装，精神饱满斗鸡场。

主人放出冲前杀，金距腾空足搏狂。

## （三）鸡勇

一贯风姿着彩妆，不嫌弱小勇担当。

如逢敌者迎头上，脚爪飞刀芥羽张。

## （四）鸡仁

鸡勤觅食整天忙，杂草花丛嘴啄香。

咯咯声情呼幼子，篱墙内外见温良。

## （五）鸡信

最是乡村闻晓奏，田家户户育鸡场。

为驱黑暗催人醒，不失时辰守日光。

# 喜迎鸡年二首

## （一）

一曲咕咕天际曙，晨鸡唤日过新年。

东风又遣神州绿，祖国版图春盎然。

（二）

年来听惯玉鸡鸣，起舞翩翩气血盈。

岁晚幽居闲度日，春风柳绿自清明。

# 爆竹是问二首

年关在即，爆竹声声，虽有寓意，但存隐患，年年禁炮，未现成效，有感而发，与期共鸣。

（一）

昨夜谁家燃炮响，红尘满地顺风调。

不知爆竹传何意，敢说苍生就此饶？

（二）

一夜烟花爆竹连，左邻右舍噪无眠。

唯图自己祈安乐，岂忍他人扫地焉？

# 十二生肖吟

（一）鼠

鼠有尖尖嘴，藏粮本事高。

荒年何所惧，度日乐滔滔。

（二）牛

牛勤蹄迈力，脚踩地耕耘。

背上横吹笛，歌扬直荡云。

## （三）虎

虎气深山出，神威百兽王。

画门来镇宅，黎庶得安康。

## （四）兔

兔入嫦娥月，清辉照夜明。

为何常捣药，愿以济苍生。

## （五）龙

龙行霖雨下，草木起丰萌。

万户尊为贵，抬头望子成。

## （六）蛇

蛇神行入庙，不请也消灾。

自有冬眠日，修身为未来。

## （七）马

马背驮人志，飞蹄自奋奔。

长途知劲力，远骥获嘉言。

## （八）羊

羊群仁义聚，自古不孤单。

跪乳行恩礼，慈心奉幼餐。

## （九）猴

猴身轻巧捷，攀树尽风流。

唱戏欢声笑，犹能解闷愁。

## （十）鸡

鸡鸣天下白，扇翅弄清音。

何故千家养，名声五德禽。

## （十一）狗

狗喜摇身尾，忠诚记在心。

常常随主后，一往有情深。

## （十二）猪

猪肥来福气，古有奉栏神。

户户诚心养，招财入库银。

# 冬至怀故人

冬至我家行扫祭，犹怀泉下故魂萦。

孤坟草木凌霜悴，独月乡山彻夜明。

谒请清光通地府，追思往事动心旌。

云烟散尽愁肠断，最痛亲人两界生。

# 中秋遐思

八月浮槎梦醒来，蟾宫老兔玉门开。

银河夜转群星雨，织女秋逢七夕台。

墨子纠缠通各界，青鸾探看赠枝梅。

霓裳只应中天有，惊叹世间闻几回？

注：墨子指墨子号量子科学实验卫星。

菊解闲人意

# 中秋夜思

中秋怨夜长，独客梦家乡。
竹篝寒霜外，虫声乱石傍。
帘垂光月满，露着树风凉。
谁解离人意，思牵应直肠。

# 中秋团聚

十五逢周末，平明赶路回。
老娘忙晒褥，大嫂备燃煤。
村野炊烟起，门庭夕日来。
知林归倦鸟，玩月映深杯。

# 二〇一八年愿景

二轮垂灿往年功，零数无关来日丰。
一片心声驱鬼咒，八方财富岂殚空？

# 春日登九华山

偏居易见早春容，也放心花做野翁。

到处天晴还水碧，随行柳色妒桃红。
拾阶照影酣酣日，拄杖扶身淡淡风。
久仰华山真面目，今从背上识高崇。

# 戊戌腊夜思

央台春晚起，此刻满繁星。
是处千家聚，老夫三径醒。
犹怀亲弟妹，拟觉近阶庭。
晓竹声声响，同来陪母听。

# 元日赋

东君早解人间意，节物风光满院春。
爆竹声声催曙色，桃符艳艳换联新。
挨家串户寒暄近，寄语关情吉拜亲。
结伴郊游龙马水，千门灯彩映天旻。

# 人日归

新年方七日，已到上班时。
醉眼迷春酒，欢心恋假期。

奈何羁旅客，自好劝离厄。
此去机关缚，难于野外为。

## 戊戌元宵夜见闻

只见银花在，谁知火树燃。
曾经龙接舞，犹忆客流连。
雨雪风寒至，乡城时景迁。
今非堪昔比，不及旧唐天。

## 三月三游绥溪

已近西阳斜照岸，颀长身影镜中流。
溪风绥带余霞绮，客步石桥新月钩。
曲水浮觞曾雅会，回头忆戴独闲游。
此时上巳闻香酒，遥望婵娟共劝酬。

## 逢寒食节访贫

赶在清明促下乡，当朝爱子访贫忙。
春风已绿村边合，梨树含情郭外扬。
入户寒暄心切切，揭锅穷现灶凉凉。
无非也识禁烟节，客问才知正遇荒。

# 寒食节寄语

春秋已过万重山，一介之推动九寰。
不应穷居犹冷灶，千家热火照人间。

注：介之推即介子推，传说晋文公为哀悼介子推，下令三月清明前一日为火禁日，从此成为一个传统节日"寒食节"。

# 朋友聚餐偶记

正值清明置酒锺，忽然断电菜凉供。
商家示意逢寒食，道也无偏兴更浓。

# 父亲节忆父

今兹倍觉炎风起，父爱时光犹在前。
沥血滋培儿女债，披星苦作稼禾田。
曾愁壮岁抓丁役，无奈深宵没野烟。
念此伤怀情其切，先于书纸泪流泉。

# 乞巧节叹

七夕往年时，秋明望月思。

皆夸穿线手，自问乞针谁?

不见痴星出，何嫌巧妇迟。

人间多变故，已断旧情丝。

# 九日赏菊

归居已至秋，气澈野清幽。

菊解闲人意，香飘独处留。

开门逢雁影，驻足赏花头。

忽想渊明戴，岂能无酒酬。

# 嫁女赋

喜逢佳节嫁新娘，大早画眉深浅妆。

拜祖礼行恩别泪，辞家彩厚囍排场。

夫君索妇红颜巧，鼓乐喧天翠盖长。

爆竹张灯筵席夜，宾朋戏闹醉婚郎。

# 红团赋

春回兴化乡村秀，辞旧迎新拜大年。

每户和揉糖拌粉，千家巧制馅搓圆。

皮柔面上花纹印，粒满笼中柴灶燃。

此味风情从未了，红团岁月独莆仙。

注：红团见《忆江南·春节习俗》注解。

# 扫墓赋

家规拜墓逢冬至，带子携孙到祖坟。

割草除尘周地扫，烧香祭品纸钱焚。

胸前合掌惟心念，土上插青犹妇勤。

想必先人含笑看，祈求后嗣旺成群。

# 戽水赋

不出雷车急野夫，田间大旱稼禾枯。

劳农节节开渠道，逐级层层戽水珠。

最忌麻绳时脱斗，安知腰背几残躯。

艰难岁月陈年远，要问偏村还有无？

# 步徐先生中秋月

千古中秋月，团圆盼到今。

几多难胜意，无数独空沉。

又是商硝味，谁知草木心？

思乡原易举，却困寄佳音。

# 和诗友中秋月韵

浮槎八月玉河看，老兔蟾宫泣桂寒。

想去人间叹无路，招来墨子可归安。

注：墨子指墨子号量子科学实验卫星。

三

所遇杂咏 · 沧溟不必怨澜翻

　　人非草木，谁能无情，世间的一切事物时常会引发思考和感悟。清初吴昌祺在《删订唐诗解》中注释："感遇者，感于所遇也。"

　　职场里，风尘滚滚，能无动于衷吗？周遭事，无时不在，能有目无睹吗？吟友中，酬对唱和，能有来无往吗？包括生活中的五味杂陈也会有的，李白《古风》诗"仰望不可及，苍然五情热"，于是喜怒哀乐怨等"五情"杂感，成为诗材的一部分。

　　天似有情，有时多变，看似顺风，也有暴雨，我诗云——沧溟不必怨澜翻。

# 谢池春·春去秋来

春去秋来，顿觉急风吹起。啄蝇虫，群情剑指。称雄无数，现回头追悔。视如今、景光难继。　　吾痴莫笑，看客堪知闲仕。叶霜期，枯黄不止。何时零落，问苍茫天地？又斜阳、暮云无际。

# 浪淘沙·今秋多雨

伏雨问苍穹，且慢飘风，秋花怎么驻颜容？记得常年人眷顾，却下枝空。　　遍地雾朦胧，此怨无穷，自然造化有时空。若是今秋愁苦雨，谁叹芳丛？

# 西江月·今冬如春

问讯江南冬景，溪边却见鸳鸯。寒风不渡绿南乡，依旧百花齐放。　　万象更新已近，何须惊叹时芳。虽然还是雾茫茫，终究天空晴朗。

# 题苏某

北风卷树容颜改，落尽林花妄复苏。
景色枯荣随季令，人间兴替势时趋。

# 运动随感五首

## （一）爬山

涧道登峦心激荡，凉亭坐叹路迂回。

人生起伏无须怕，翻越群山望忽开。

## （二）冬泳

壮士寒江相激浪，潜身拂水气生腾。

欲知冷暖人间事，恰似冬游勇破冰。

## （三）晨跑

追随日出留踪迹，脚踩尘扬跑步翁。

坎坷人生还远路，老当壮骨斗寒风。

## （四）打篮球

赛球最爱紧盯人，蹓脚弯腰又转身。

没有同俦争位置，哪能让你扣如神。

## （五）打乒乓球

圆小乒乓界限清，方形板面聚精英。

球旋诡异成弧线，胜算几何常不明。

# 无题

乡官选上精神出，又是三躬笑美鬈。

垂绿只因风折树，弯腰何以看清人？

# 题两青蛙避雨图

薄叶擎风雨，灵蛙共处卿。

此时何况味？羞杀世间情。

# 归鸟有寄

望断愁云浊不清，翻飞已倦暗尘生。

时来路上狂风恶，偶遇林中猎户惊。

日久归心幽景庇，黄昏戢羽静空明。

滋滋梦里南山树，愿宿寒巢度晚晴。

# 题画偶得二首

## （一）

日暮乡村一水间，浮槎背影数重山。

寒灯点亮前行处，钓得香腴照我还。

## （二）

晚照孤亭枯树静，寒风雪落映浮霞。

严霜野外无人影，最是林梢不见花。

# 步韵诗友乡村夏夜偶拾

天晴雨后白云幽，湿透林花唤两眸。
山谷流声含晚籁，牛蛙鼓气闹田头。
穷乡绿瓦霞烟暖，僻壤红墙彩色柔。
谁说村居皆不是，如今吾看似琼楼。

# 和诗友题老伴图

湖光潋滟晚霞烟，坐看青山出彩前。
有此相依舟里泛，人间最美夕阳天。

# 步韵诗友处暑感怀

江南处暑未徂炎，竹榻流痕汗背黏。
遥问天官堪别热？银河捅漏可寒添。

# 无题

立马横刀当卫士，抱关守责力躬行。
无私不畏虎猖獗，有胆修除瘤赘生。

社稷忧心灯下黑，萧墙去垢水中清。

风霜雨雪从容对，敢叫青天月更明。

# 见母别儿外出打工偶拾

柳岸春寒非有意，人间离别最伤情。

东君应会催阳出，驱散阴云见月明。

# 汤沟酒赋

豪缣未就已闻香，沁入心田韵味长。

酿蜜汤沟泉富地，催春南国物华乡。

桃红饮赋千秋颂，蚁绿盈门万户尝。

造化人间滋不尽，醇和天下醉安康。

注：桃红借指清代女诗人刘古香，她痛饮汤沟酒后作楹联："桃红柳绿春开瓮，细雨斜风客到门。"

# 步韵诗友今夜月朦胧二首

## （一）

日暮清宵醉月胧，徘徊台榭问春风。

谁家笛怨吹声促，已是残星落夜空。

（二）

昨夜江楼月晓风，浮云不散雾蒙翁。

生涯瀽落伤流景，春水涛涛只向东。

## 步韵龙翔宇献给城市美容师

披风戴日抹街台，汁水浇花去垢埃。

只为玻璃明眼醉，无闲扫帚累人陪。

凡间莫道寒酸相，城内难离锦绣才。

感此修行成洁景，颜容境界胜蓬莱。

## 题自我雕像图二首

（一）

自我轮敲为哪般？锤声急急路人叹。

不除身上粗疏陋，岂有顽躯尽美看？

（二）

敢于自我解身敲，丑陋碎渣皆可抛。

只有敞开胸骨壮，方能不畏热讥嘲。

# 题躺吸鸦片和躺玩手机并图二首

**（一）**

寒床瘦骨曲身抽，袅袅罂烟吸不休。

此恨清朝无能治，神经一病负东流。

**（二）**

似曾相识曲身悠，忽见长烟变短头。

尽管百年桑海变，依然昏睡到今秋。

## 秋云遮月

秋空应是玉盘明，转眼云来看不清。

仿佛银河浮淡淡，徘徊雾气晃盲盲。

姮娥乱我时差错，晚景添寒夜色更。

何必凭阑高望处，悠然自若任华生。

## 麻雀入室偶题

只雀飞窗入，俄然见客慌。

而何回路径，竟是撞灰墙。

惨翼谁知痛，毫毛也有伤。

人途如误道，不亦狈爬狼。

# 岁末杂吟

冬阑岁末如蛇尾，入洞修鳞去意时。

翻手神州新境界，转头大地旧情思。

单车共享声名灭，众客同嗟经济迟。

股市红颜羞露脸，科家黑技破僵棋。

舟星应许空天绕，铁马还教绝处骑。

玉宇难容浮瘴气，边山仿佛有妖魑。

长城已挡寒风袭，远海将掀恶浪随。

举国来回宣伟业，全民上下学豪辞。

初心赢得今朝月，一夜催开向日葵。

漫道前程堪似锦，人间好梦待春期。

# 论孝道三首

## （一）

四季轮回天地运，人生出入一环流。

今朝不孝儿孙看，日落桑榆子效尤。

## （二）

树有深根方结果，甘泉活水出源头。

从童示教知书礼，自会殷勤孝道修。

## （三）

听人敬孝如墙隔，难入亲情自奉酬。

唯有当先行践境，才知风雨度春秋。

# 走玻璃栈道

身如鸟羽悬空渺，道似镜头观地清。
不管何方来路客，人间一目识谁行。

# 木雕仙女

谁言枯木难斤斫，却见莆人巧着雕。
使刃游风生紫气，抬眸笑影舞纤腰。
已随五国仙姿展，赢得普京花镜撩。
筑梦海丝桥架路，扬帆有我更妖娆。

注：五国指金砖五国，丁酉年在厦会晤。

# 玉雕八仙

随缘凹凸细雕来，嵌入浮槎海境台。
各显神功皆道合，千锤造化出心裁。
周知七彩兰溪璧，乐咏中华宝石瑰。
不管何方观仰客，流霞醉饮八仙陪。

注：七彩指仙游七彩石。

# 泥雕佛像

有道莆阳皆巧手，泥沙可塑座莲尊。
原尘百炼灵光显，故土重揉宝像存。
入庙传灯堪普度，取经灌顶化无烦。
今逢佛日论坛会，更寄民生循法门！

注：论坛会指莆田举办第五届世界佛教论坛大会。

# 戊戌三月授课口占

实在春阑无景语，还来苑上刮诗肠。
只缘识得君才厚，引玉聊资我锦囊。

# 读众友春耕诗有感

敢问春农几处耕，凭空得字未关情。
高楼望尽荒芜地，纸上犁铧不识丁。

# 杂咏绥溪景物十一首

## （一）库坝

稳石坐青山，游云绕坝闲。

高情存雨露，脉脉水通寰。

## （二）曲渠

依山危曲道，不傍只空流。

怎奈柔情水，随渠一任游。

## （三）石堰

欲驻溪山水，惟分筑堰湖。

只愁空底谷，满溢化成珠。

## （四）石桥

敢问上桥人，曾何苦渡津？

莫嫌粗老石，任踩未穷身。

## （五）古渡

空留古渡名，何处可堪行。

游客回头问，遥瞻旗酒横。

## （六）池荷

独有清池处，闲来赏绿荷。

羞园名贵树，谁比净心多？

## （七）钓矶

垂钓有遗歌，徐潭鲤跃波。

残矶今昔比，只见上竿螺。

## （八）榕树

独立拥桥边，龙须入石泉。

沧桑无数变，照旧绿人烟。

## （九）水雾

夜水积深烟，朝来自雾然。

初浓而后淡，任你识流川。

（十）荔枝

丹枝两岸排，照水自临涯。
岂畏深渊处，将期果入斋。

（十一）白鹭

数点雪枝头，风吹落水洲。
低飞溪影入，发发急鱼游。

# 听鹧鸪

日暮隐身鸣，谁知远近程。
山重惟暗觉，耳老易昏生。
忽唱东岩急，又来西岭轻。
疑风随气变，左右不同声。

# 咏蜘蛛网

角落阴机网，时来黏住虫。
悬丝纤细称，织线巧圆通。
寄语微生物，提神更出瞳。
一劳成永逸，独坐享无穷。

# 咏虾

天生海里虾，性本爱游爬。

涉足幽深处，溜须通远涯。
身姿千百态，气质几多嘉。
一旦红成紫，悲催正到家。

# 咏天平

物理说天平，犹能托两明。
双边如对称，何处可看轻？
若要倾谁向，直须添尚成。
人间存此意，几日守空衡？

# 逗小狗

绳于小狗急哇哇，缚得难为露爪牙。
动手松开欢直笑，摇身猛拥喜狂爬。
雏形已懂恩宽解，老客犹能业善夸。
野市行情忧乱措，寒风浩荡岂无涯？

# 题鹦鹉

花衣红嘴叫真甜，阁里幽居绣户帘。
好学人言灵性慧，偏听主语眼神尖。
深笼虽厌空间小，满足无愁岁月恬。
只是多知房内事，客来羞报雨云鹣。

# 时钟响

晨钟催日出，暮鼓转盘明。

敲碎青春梦，凋残白发生。

秦皇难命续，孝武亦身倾。

久驻谁能有？长闻漏滴声。

# 放气球

情飘好捧卖轻功，气满浮云向弱风。

自在苍天高有限，浑圆一落瘪残空。

# 咏蝴蝶

林间常见与蜂飞，共伍贪花傅粉菲。

谩笑偷香难吐蜜，安知锦翼入高闱。

# 咏蜜蜂

人间喜蜜润心田，却怕蜂飞在眼前。

不怨忘恩酬顾看，依然勤酿百花鲜。

# 咏锯子

铜牙铁齿烁寒光，所向林中鸟乱慌。
离间呈能惟本事，排排秀木断肝肠。

# 咏蟹

不管何方蟹，全身统一形。
双排边上脚，两眼鼓前庭。
有肉生风骨，无心畏岁星。
难移横霸质，何惧渡苍溟？

# 蟋蟀声

夜露阴苔湿，更风暗雨烟。
凄凄闻急语，扰扰起无眠。
似诉愁思恨，犹怀老觉怜。
幽诗吟十月，冷落正秋年。

# 萤火随想

阿娇愁见清光暗，车胤贫收冷焰寒。

一样流萤同照苦，岂能重放满山峦？

注：阿娇指汉武帝时的陈阿娇。车胤出自《晋书·车胤传》人物。

# 咏折叠扇

谁家巧叠竹儿签，展作风波縠皱帘。
任你翻腾堪送爽，随身摆弄可驱炎。
吟诗题画高情雅，掩面含羞胜意甜。
贵得王孙为礼物，平生解热最低廉。

# 咏雨伞

开如荷叶听天雨，合似竹竿行杖乡。
气象阴晴无所谓，方圆伞下独清凉。

# 咏风筝

剪纸和糊竹骨鸢，儿童最羡放飞天。
风吹动影随人仰，手曳飘丝化凤骞。
岂是高低惟系举，元非长短不堪牵。
何来摆弄腾云驾，此物遥驰有翅缘。

66

# 咏象棋

关河流岁月，方寸贮乾坤。
足智周谋举，神机技法存。
谢公闻不语，王质忘归村。
乐在无穷尽，欣于有道源。

# 咏鹰

不管江湖几堵山，低飞擦破险情关。
空中俯瞰阴森怖，野外巡观腐迹斑。
昔古云霄存杀气，而今庙宇也除奸。
世间还有疑狐兔，此际犹思汝猛顽。

# 咏钱

高官薪水通常富，还要铜山铸孔兄。
有几渊明轻五斗，偏多姹女数三更。
开庭过目方生恨，蹲狱抱头凄冷清。
拟请财君帮解梦，千金难买好名声。

# 咏海

朝霞日出彤彤曙，水碧风吹浩浩喧。

容易生涛思雪月，寻常拍岸问乾坤。

传闻精卫填龙海，更喜天妃护鹚幡。

巨壑难平成大道，沧溟不必怨澜翻。

## 着花衣

善着花衣绣，云霞映满身。

襟前拦爽气，背后贮幽春。

节候如何别，风光独自新。

情生存俏影，千古说封神。

## 农家乐

一约农家聚，自然偏远城。

穷鱼游近饵，倦客选浮棚。

把酒乡愁满，通轩月色明。

深杯开话匣，才露语心惊。

## 暮夏听蝉

暮夏残炎蝉叫促，无聊树下忽听醒。

独怜声色原来别，是否微生已到龄？

# 绥溪晚景

残光一缕绥溪中，半段清波半水红。
还好西阳堪彩画，桑榆有意染春风。

# 荒田行

初归故里野情高，独向南山忆作劳。
已是荒畴难语状，还闻怪鸟乱喧嘈。
行寻几处残沟废，立看深忧烂地涝。
昔比今非何度日，原来进口食无忉。

# 戊戌龙眼丰产记

是处桂圆枝压满，谁知粒粒老农心。
为何结果今胜昔，得益青山绿水深。

# 千秋岁·夏景

凉风热气，飒飒蒸蒸替。东北雨，西南炽，云浮天半露，晞晒平原底。还常见，台风卷起山川水。　草木何堪废，愁怨朝谁说。经济困，苍茫里，时来雷爆闪，无奈民呼市。今日景，温差如此情殊异。

# 山雨

九华山雨溪声急，百涧依峰倾谷潭。
好水新生堪解旱，东畴应是稻根涵。

# 入秋吟

已是秋风送雁飞，闲来自可卧高帏。
吹醒度日吟诗兴，写尽平生梦笔菲。
往昔文章难骨气，今时谈笑忘心机。
红尘道上中间醉，到老方知与愿违。

# 论交友

青筠有节莫嫌空，白水无尘见始终。
交友知心成管鲍，不分富贵与贫穷。

# 无题

当下掀开峻政风，无疑想逼职勤躬。

纷纷举棒层层落，衮衮愁肠抑抑忡。
不辨是非来问事，惟除多少算成功。
时常公干丢粱肉，谁有心情苦作工？

# 瀑布

千泉广积出悬崖，碰壁方知万丈挨。
不识人间多曲折，焦头烂额忘形骸。

# 轮回

风光难续晴阳景，天象阴云又复来。
昨夜高楼听雨骤，今朝满地落花催。
谁知世路红尘远，也有时名短日哀。
道是潮声随月转，争流到岸打沧洄。

# 何以消烦暑

何以消烦暑，金乌欲坠空。
天池须放水，地脉许分洪。
洗路嚣尘蔽，开窗爽气通。
商硝犹克灭，自可度清风。

# 随悟一绝

高天大树苦多风，浩海深渊暗有洪。

独处平川无所虑，心随白鹤际涯穷。

# 汉水送别

行程归尽处，汉水照东流。

醉别凝云起，交情引雨愁。

江风催鹬远，浦月露嫦柔。

再约明春日，还来接梦舟。

# 遥祝荣仁兄《兰谷追梦》散文集出版

同窗早识君才笔，岁月风尘集墨香。

喜见骊珠今始出，欢传锦字昔谙尝。

曾经宦海通津渡，不弃初心远梦航。

惟有书名存宝典，管他星汉在西堂。

# 眼前

眼前乱雨益茫然，预报难为气象先。

湿地半畦刚种菜，浑洪百里已淹田。
曾经天漏容民过，忽觉云浮逐日偏。
众盼风调宜作物，收成才会抚坤乾。

# 秋雨凉

一场秋雨一场凉，使得梧桐叶渐黄。
已是山南多雾气，时闻水北有风霜。
途中倦客寒衣透，树上雏鸦冷箭伤。
拥被无眠何晓日，今宵更比昨宵长。

# 四

## 时事抒臆 · 俯瞰沧桑天地变

　　自古就有写时事诗，如曹操的《蒿里行》就是用乐府古题写时事。再如杜甫以新题写时事，被评价为"即事名篇，无复依傍"。白居易更是主张"文章合为时而著，歌诗合为事而作"。这是古训，也是文人的使命所在。

　　当今世界，科技发展日新月异，社稷活动花样翻新，风霜雨雪时有灾情，社会问题此消彼长，沙场点兵精彩呈现等等，都会牵动诗肠，或就新闻史诗，有感社会时事，寄望"俯瞰沧桑天地变"的时代画卷。

# 如梦令·内蒙日柱

乙未冬月二十晚，内蒙古锡林浩特出现日柱现象，把城市夜空缀得如梦如幻，精彩奇特，作小令记之。

罕见内蒙日暮，天帝银花倾注。未有冷冬寒，怎得世间奇遇。光柱，光柱，人宇彩虹共处。

# 双彩虹

丙申四月十七傍晚，北京初夏天空，一边飘着丝雨，一边出现双彩虹，绚烂多姿，遂作。

北国双虹彩，奇观卓不群。

角楼成道士，白塔得仙云。

映邑天空月，流光雨雾雯。

霓衣满城色，合向古书闻。

# 淫雨

丙申仲夏，长江一带苦雨成灾，有感而作。

遥望天涯雨，去来同一云。

千田成垢土，百邑泛波纹。

极目红旗色，满街迷彩军。

阿香言有信，何日见霞雯？

# 惊闻南海仲裁案

纵目南溟外舰狂，又闻列霸仲裁喤。

风云过后硝烟味，贼寇偷时岛屿殇。

举国群情如浪海，全军合力似铜墙。

休生美梦图渔利，定叫天兵灭鼠狼。

# 尼伯特台风来袭（拈晴韵）

犹如猛兽扑平城，闽地多灾最盼晴。

一任狂风随处窜，已知暴雨使心惊。

街坊水泽鱼虾影，战士舟承手足情。

莫怪天池常漏底，山川早已误民生。

注：尼伯特为丙申一号超强台风。

# 观旗袍走台

懿韵盈盈款步来，芙蓉出水艳香台。

百年风雅撩人醉，最具东方一脉开。

# 傅园慧表情有感

里约波涛一水堂，桃花映入起沧浪。

谁知少女洪荒力，忽报泳坛风趣狂。

百万粉丝云浩浩，千包慧脸鬼昂昂。

为何不见沾巾泪，只是开心脱俗香。

注：里约指巴西的里约热内卢。

# 女排夺冠有感

一路迭遭几次颠，凝眸合力转翻天。

巴排当主无声泣，塞女临台有泪涟。

十二年间空等待，千回梦里甲归旋。

谁知巧妙如神妙，道是偶然终必然。

注：巴排指巴西女排队，塞女指塞尔维亚女排队。

# 中秋逢台风

莫兰蒂卷海惊风，天象全无往日同。

此夜嫦娥难自在，今秋最是月屯蒙。

注：莫兰蒂为丙申十四号超强台风。

# 悼余旭女飞行员

哭忆长空金孔雀，悲怀八一木兰花。

余光洒向青山上，旭日千秋映彩霞。

# 长五首飞成功

丙申十月初四晚，新一代长征五号在文昌航天发射场成功首飞。

昨夜星辰一火红，不知何物染苍穹。

天公赶紧推窗瞰，惊叹神州有此功。

# 入中华诗赋网周年有感（仄韵）

童年梦想老来寻，一键钟情诗赋网。

屏上吟哦生韵趣，友中选读存珠赏。

行舟学海引风帆，送我征程扶手杖。

此有高山堪抱琴，清弦入耳心潮荡。

# 天眼

平塘镜卧神奇眼，远眺苍穹各路仙。

玉帝从今难自在，人间有目识皇天。

# 中秋廿国集团杭州峰会有寄

中秋逢盛会，玉镜照杭瀛。

十里春风秀，千湖碧水清。

西夷来总统，华夏挽精英。

唯以真心合，方能各自赢。

# 观央台诗词大会有感

飞花令出千秋月，又见春红满院菲。

一夜诗香传广远，惟兮落幕唱斜晖。

# 诗词学会成立三十周年有寄

才临而立风华茂，八府诗坛共笔耕。

新旧兼容扬国粹，古今和韵续唐声。

园中结果清香远，李下成蹊阔步行。

迈入复兴吟百世，挥毫水墨秀繁荣。

# 咏蛟龙号

何惧幽渊水府寒，蛟螭入海起波澜。

沉冥铁戟当窗隔，隐密龙宫近眼看。

纵有妖魔潜鬼域，难逃声呐露云端。

平生梦里洋流渡，送我南溟斩虺蟠。

# 满江红·南海风云

南海风云，惊涛里、征帆未歇。绕四周、阴阴虎视，长枪争夺。
一水中天虽有恨，三沙寸土仍无缺。但记怀、化碧岛礁间，藏忠
骨。　　兵魂铸，军旗猎。黄金鞘，青芦叶。守险滩严阵，来犯歼灭。
银燕遨空从北斗，蛟龙潜水擒鱼鳖。九旬来、斩浪直航行，心如铁。

# 天舟一号发射成功

天舟一箭玄门破，直逼银河起浪花。

快递小哥从此乐，来回玉界饮流霞。

# 首艘国产航母下水

似曾相识坞中来，原是吾军母舰开。

历尽千辛霜鬓满，今朝吐气起风雷。

# 国产大客机首飞成功

云心约我蓝天聚，共话风霜十载秋。
首日腾飞惊玉界，将期合与舞神州。

# 南海首次开采可燃冰成功

诗情不解可燃冰，却感神奇龙火腾。
海底垂青君独采，冲天光焰照华兴。

# 量子计算机诞生

幽灵量子如瓜葛，交合光丝暗恋情。
缕出神机奇妙算，云涯万里秒间行。

# 高考四十年追怀

风雷一响从天降，化雨神州古木春。
笔箭高低无异卷，礼闱老少视同仁。

千军万马登龙客，卅载寻常动地垠。
犹忆小平棋妙举，全盘活络国臻臻。

## 纪念香港回归二十年有寄

君行冠礼正年华，雪洗虏尘开紫花。
喜看香江龙虎跃，回归禹甸版图加。
一中圆梦千秋月，两制宏猷四海涯。
纵使琉球天汉远，春风欲渡有星槎。

## 七七祭

忆逝硝烟八十秋，卢沟桥下水冤流。
枪声惊破宛平夜，倭寇欺侵赤县州。
众士挥刀驱虎豹，一场喋血染川丘。
阴云密布今犹在，莫忘伤痕雪耻仇。

## 朱日和大阅兵观感

忆昔康熙御驾征，沙场风暴马嘶鸣。
蛮夷若是不知量，请看今朝神气兵。

# 九寨沟震后祈祷

初秋九寨动山河，万物生灵苦折磨。
覆手天摇堆骇石，翻云谷裂陷旋涡。
无端恶作人悲剧，有恨亲离泪似波。
不见丸铜蟾口接，浑仪应扼地牛魔。

# 毒日秋

秋来不见清凉景，毒日无边热煞人。
西域妖魔催火药，东邻鬼怪起烟尘。
周遭消息汹涛涌，远近风波暗号频。
赤县江山乌焰炽，何时后羿显威神。

# 洞朗对峙
——步韵王昌龄《出塞》

今朝洞朗那时关，西域耍拳兵未还。
都说金戈银镝在，阿三怎的度边山？

# 高铁行

网海茫茫指向明，随心点击问前程。

银龙就路流星快，铁轨承轮过地轻。
九域往来携月色，千家容易近乡情。
纵横鱼贯阳关道，笛唤春风万里行。

# 厦门峰会即事二首

## （一）

南海玛娃羞落幕，风情鹭岛出晴虹。
金光好衬金砖会，五国共牵中国红。

注：玛娃为丁酉年十六号台风。

## （二）

花絮从来不径搜，一尊木像竞风流。
唯其莆匠精雕细，苦了普京持镜求。

注：普京为俄罗斯总统。

# 逢双节寄语

将期开幕初心愿，又遇中秋国庆欢。
慷慨天宫生满月，和谐世界自平安。
图强还看民风健，致富须经政策宽。
旧雨新知同筑梦，方来四海共蟾盘。

# 黄金周苦游二首

## （一）

又是黄金众出游，屯街塞道看车流。

谁能理解殷勤警，罚款传单苦不休。

## （二）

人人众众又从从，天赐黄金接马龙。

碰踵摩肩翻作景，回来苦笑解轻松。

# 即事二首

## （一）

金风肃肃约来京，描绘蓝图步百程。

带上民情真议事，同心共筑梦圆成。

## （二）

金秋硕果遂初心，壮语长篇动地吟。

唤起人间新迈世，群山万水响东音。

# 深圳无人驾驶公交车试运有题

何须吆喝准程开，闲得侯婴玩月杯。

绮陌高怀忙接送，朱轩好手巧来回。

神呼北斗全能视，警与东家两不陪。

俯瞰沧桑天地变，潮头再立起风雷。

注：侯婴即汉代的夏侯婴，先后给四任皇帝赶过车，可谓是天下第一车夫。此代指司机。

# 写在公祭日

卅万同胞哭九泉，全城共笛彻长天。

江河滚浪如狮吼，星汉流声似泪涟。

永记魂墙鲜血史，清除倭寇暗烽烟。

今非雪耻延仇恨，祭日和平可鉴前。

# 两栖飞机首飞成功二首

## （一）

冲云骇日显神威，浪海惊涛掠水飞。

要不今生亲眼见，天方又是夜谭讥。

## （二）

天公做梦终生老，未见鲲龙掠海飞。

敢叫沧溟成跑道，惊涛浪里水乖依。

# 无题

检册春秋照汗青，风霜雨雪化光灵。
察明禹甸冰轮月，转隶尧天玉鉴庭。
干系人间扬正义，怀兴梦里勒功铭。
部郎踏上新征路，剑气凌云铸疾霆。

# 寄语

春风吹绿九州同，玉鉴高悬明月中。
合署精英兵马壮，开扬特色国章鸿。
新时法纪齐磨剑，往昔虎蝇关进笼。
再使人间回舜日，江山景画共长穹。

# 欣闻巨型稻试种成功

日照田间种巨粮，风吹碧浪酿丰浆。
青禾高出常人首，秀穗斜垂儿尺长。
稻下乘凉成美梦，沟中爬蟹避骄阳。
是谁能耐如神作，都说隆平有秘方。

# 红月亮

丁酉腊月十五晚，天空出现红月亮，以诗记之。

天上人间见此疑，广寒晚照映红姿。

金乌才是全身赤，素影何为共色之？

# 咏仙游雪

丁酉岁末，仙游北部山区连续两天飘雪，积厚半尺之高，历史罕见，有感而发。

平生未见仙游雪，昨夜传来六出花。

水苦难流如玉镜，松寒更积似冰葩。

千畦素裹南园地，万瓦银装北客家。

造化人间轻易举，青霄有意共天涯。

# 戊戌寄望

鸡鸣岁晚风流逝，犬踏春泥瑞雪来。

已是红梅凌正气，还除白鸟扫残灰。

乡山待出中天日，车雨听从上帝雷。

黄耳临机堪勇吠，柴扉里许月倾杯。

# 听课有怀

戊戌孟春，莆阳举办全国"工美杯"诗词大赛启动仪式，邀请中华诗词学会副会长兼秘书长刘庆霖讲座有记。

刘郎南渡春时雨，帮衬桃红李白开。

草上和风新绿发，门前绛帐硬黄裁。

金言犹植芝兰树，朽木可雕工美杯。

从此随蓝拈彩笔，花香满苑寄枝梅。

## 步韵刘庆霖谒湄洲妈祖

千秋一妈祖，四海共湄洲。

脉脉深情貌，慈慈著眼舟。

云行除瘴气，雨洽遍环球。

只有为山在，丰碑胜冕旒。

## 步韵李葆国正月二十访莆田

风和日丽出霞云，京客帮催兴化春。

绛帐门前桃李秀，莆阳城上栋梁新。

随蓝雅韵拈毫笔，学道清词绝垢尘。

有此高怀情可挹，多君绛帐指迷津。

# 无题

戊戌夏日，视察壶公山生态环境，登山有记。

骄阳醒目鹰盘视，夏影壶公照日晖。

偶尔逢人难脸笑，由因是处与心违。

将期问客山间事，始议乡官府里非。

自古机关无远理，基层职责比高巍。

# 戊戌五月初六股市偶成

千家笑脸映红池，潜患天情物外知。

谁识商硝飘过海，狂抛股市绿荫时。

# 咏世佛会

莆阳谁种菩提树，圣果飘香入世寰。

自在犹持僧坐次，分明许与佛同般。

传灯广化三秋月，唱梵天声万里山。

众客论禅修岁德，民生觉悟更攸关！

# 沁园春·忆邓公与深圳

——纪念改革开放四十周年而作

傍港南疆，梦境华胥，手笔画圈。忆天台俯瞰，渔村问道，大年三十，饱蘸濡翰。老骥行巡，南方谈话，更是春雷响彻天。开窗口，让鲜光通透，驱走僵寒。　　千帆欲发生烟，遇诡谲云波声浪湮。又东君把舵，仙湖培植，青山咬定，绿意超然。形胜重逢，加鞭策马，无畏商硝弥漫悬。新时代，恰年华不惑，再拜莲山。

注：莲山指深圳莲花山。

# 八闽春潮

——纪念改革开放四十周年而作

昔日奏书松绑企，惊天化作响春雷。

融冰入海风潮涌，改策扬帆境界开。

口岸通商连地角，湄洲贮月映山台。

行年不惑新程梦，九市同框锦绣堆。

五

草木有心·任凭冷热和风雨

先民从花草树木开始认识自然。《诗经·葛覃》诗"葛之覃兮，施于中谷"，屈原《九章·橘颂》诗"后皇嘉树，橘徕服兮"，二十四番花在认识自然方面最具代表性，俗话说得好："花木管时令，鸟鸣报农时。"

热爱花草树木，不仅仅局限于认识自然，更多的是以草木寄托情感，沈德潜《说诗晬语》则云："所向无空阔，真堪托死生。"咏菊花来表达品格和气质，咏松树来表达傲霜斗雪本性，咏杨柳来表达眷恋惜别之情，等等。

诗人常把草木作为生命的个体，仙子、李白、霞脸、兄弟、英雄等一个个拟人的名字，仿佛和人一样有感知——任凭冷热和风雨。

# 醉花阴·二十四番花信风吟

## （一）梅花

冰雪林中花独放，遍野开无恙。瘦骨又斜枝，淡月霜天，寒也花香盏。　　此生不与桃花往，自有清标赏。莫道只孤芳，不识东君，却是春随上。

## （二）山茶花

一树早春花艳丽，院落纷红至。腊雪着枝头，更显端庄，素瓣丰盈美。　　语花未解山茶贵，耐久凌寒气。都说似梅香，孰与情深，陪你春阑止。

## （三）水仙花

水上凌波轻步月，香径生尘袜。翠袖碧搔头，淡雅黄冠，素洁群芳绝。　　若无二女情深切，哪有天仙说。欲问玉玲珑，如此销魂，一笑春风靥。

## （四）瑞香花

瑞气芳菲春早蕾，细蕊成丛荟。翠绿复婷婷，不染红尘，阵阵浓香味。　　不知睡梦庐山事，只恐难相识。若是带霜痕，雾霭朦朦，百草花羞愧。

## （五）兰花

碧叶琼枝神入化，淡淡幽香雅。舒展见檀心，紫艳芳唇，玉质身无价。　　本来出自深山野，却是移庐舍。盆盎几枯荣，且问谁珍？无奈花凋谢。

## （六）山矾花

看似梨花姿妩媚，更比梅兄弟。一树玉珑松，堆雪迎春，点

缀黄金蕊。    此花独恋开山里，七里飘香味。汤饼试何郎，又遇荆公，谁解其中意？

## （七）迎春花

何惧严寒花烂漫，只把春来盼。傲雪立枝头，缀满金黄，装扮新衣缘。    禹君治水荆藤恋，含泪迎春唤。不忘探春梅，又领群芳，情化人间暖。

## （八）樱桃花

何处移香花抢眼，蝶怨双飞燕。粉瓣点金黄，带雨愁痕，追忆芳流远。    著枝有意红珠献，曾与樱桃宴。难荐以含桃，词帝悲歌，顿觉辛酸咽。

## （九）望春花

一树清香红粉色，霞脸争妍出。木笔抹新妆，淡雅罗裙，细杪婷婷立。    去年树下将花摘，今觉孤芳寂。教我几凭栏，望雁书空，该有春归日。

## （十）菜花

花海茫茫娇旖旎，遍野金波似。蝶舞又蜂争，雨粉留痕，不改清香味。    日晴岸柳芳舟系，解梦芸香谜。总是忆曾经，阿鲁迷仙，怕入春江水。

## （十一）杏花

古木新枝桃李比，素瓣红芳蕊。初绽得春风，旖旎娇羞，扶出墙头倚。    杏花雨露甘甜美，月下人欢醉。仙子济苍生，情感天庭，岂有轻飘说。

## （十二）李花

园苑千花堆似雪，忙碌蜂和蝶。正是好年华，灿烂开妍，李白连天洁。　　　育成大树枝繁叶，下自成蹊说。桃李满天涯，老了青春，一把冰莹骨。

## （十三）桃花

千百年来开不败，只是诗情改。莫道误刘郎，人面桃花，更有崔生爱。　　　不知有汉桃源在，缘故谁能解。欲问悟空神，春水流红，此万般无奈。

## （十四）棠梨花

不像桃花开艳丽，自有情深意。结子似樱桃，香果丹砂，一簇亲兄弟。　　　棣棠倒影栏杆倚，忆弟常流泪。楼外雨潇潇，归燕群飞，不解辛酸味。

## （十五）蔷薇花

野客天香飘满院，迎蝶招蜂眼。浪漫着新妆，欲滴添娇，牵袖青条蔓。　　　弱枝有架高香远，不把青苔看。根本似玫瑰，何必攀援，谁助倾城倩？

## （十六）海棠花

春睡柔情扶掖出，冰影明皇惜。红片薄衣轻，霞脸烟鬟，宛若神仙的。　　　百花绽放千般色，比并娇无敌。只恐月回廊，孤枕衾寒，谁问墙头寂。

## （十七）梨花

何故梨花难落户，缘是含离寓。依约认东君，飞雪午年，只把春留住。　　　一枝带雨冰姿树，寂寞临江渚。无计到黄昏，纵有风骚，却是难为语。

## （十八）木兰花

岸柳依依飞白鹭，江上船帆渡。愁绪起波澜，独上兰舟，水

阔鱼沉去。　　木兰替父征兵募，曾是从戎女。减字木兰花，不解词情，依旧伤春赋。

### （十九）桐花

春事阑珊桐作序，情到春深处。白紫两相宜，淡雅清明，凤饮朝花露。　　不争四友东方曙，自惬西阳煦。虽是鬓霜华，木可裁琴，犹解乡思语。

### （二十）麦花

村野田间吹麦浪，万顷香飘荡。摇飏雪花衣，翻燕迷蜂，散粉甘浆酿。　　秀乎一穗黎民飨，更盼枝歧放。有实不攒眉，孕育何来，别把轻花忘。

### （二十一）柳花

黄蕊花开春晚暮，结子成飘絮。帘外雪纷飞，卷絮风头，谢女题诗赋。　　古今柳岸多烟雨，又是莺思处。只叹倚斜阳，往事如丝，难解君知否。

### （二十二）牡丹花

百卉违时连夜发，唯独干枝绝。怒火使花红，燃若霞云，西苑千般蔚。　　几经雨里浥威慑，做得双倾说。绝代贵妃容，但艳空枝，长恨歌悲彻。

### （二十三）酴醿花

重瓣檀心飞白凤，只是圆香梦。红落紫凋零，雪洗铅华，含泪东君送。　　翠虬独在墙头拥，不与莓苔共。无怨此酴醿，了却春情，约酒飞英中。

### （二十四）楝花

苦楝菲菲开五色，廿四番花毕。庭院蝶孤飞，月下莺啼，犹带残春惜。　　倚栏又见斜阳夕，何处寻梅格。无意落朱元，天子金言，从此辛酸涩。

# 观菊花展有感

黄菊丹台街面展，金风催衬秀花丛。
浮华摆搭虽鲜艳，不及乡山野草中。

# 臭菊

艳发无须土整平，随风落地子根生。
倾心就菊花枝嗅，扑鼻闻香耳目明。
忘却羞嘲言不是，堪称豪放日相迎。
岂知臭也同精气，虽未推崇亦有情。

# 步韵诗友凤凰木遐思

宿鸟红枝解暑藏，雨淋更是避寒长。
宛如阆苑仙居处，梦里痴情作凤凰。

# 花品

英花风信自然开，笑靥生情扑面来。
迷蝶追蜂香满院，丛中朵朵任君裁。

# 杨梅

未入口中先软牙，怎堪酸落到人家。

原来使客生滋味，恰似魏兵梅子呀。

# 古秋枫树

樟林村有一棵古秋枫树，至今有二百多年，几经乱砍，仍然茂盛。今林业部门已列入古树目保护，欣喜赋诗记之。

村中一老秋枫树，欣喜衙门见得心。

往日童童青叶盖，炎时噪噪黑蝉吟。

狂夫举斧凿横洞，野客开皮裂直簪。

几度风霜无所惧，人间阅历到如今。

# 捣练子·啖荔

溪水绿，荔枝红，生在莆阳陶醉中。纵使千驹妃子笑，不如近擘啖鲜浓。

# 咏月桂

南山之老树，不畏起秋风。

一夜寒霜下，千花醉眼中。

听书攀玉桂，捣药动长空。

看遍层林绿，谁能与月同？

## 步韵诗友公主岭梅园

春阑苦楝正愁中，忽报南枝北国红。

本想番花开尽卒，东君有意普天同。

## 步韵鹏城诗友籁杜鹃

瘦骨耐寒迎雪霜，随时移植自飘香。

多边妩媚伸舒秀，众里繁花独见长。

无与争名争位艳，常来伫道伫街芳。

任凭冷热和风雨，情愿鹏城点炳琅。

## 金茶花

种得金茶为赏花，奈何烈日不生芽。

须依高树常荫绿，又要铺张网嫩丫。

## 步韵诗友二首

### （一）凤凰木

南都初夏日，百草许些残。

但见丹霞凤，堪称火树鸾。

遮风如彩障，挡雨胜皇冠。

立拓豪情在，标杆永久桓。

## （二）菩萨蛮·题凤凰花

是谁移植洋楹树，堂皇艳丽沿街路。初夏伞霞冠，热情迎凤鸾。　风平升彩雾，迷蝶双飞舞。何处锦云嫣，满城红了天。

# 步韵诗友赏莲曲三叠

## （一）

初夏新荷近舞台，连天碧水细风裁。

鹏城有意催莲发，四面八方诗赋来。

## （二）

芙蓉仙子出瑶台，风度青衣叶自裁。

无奈娘娘传宝座，凡心荡漾报君来。

## （三）

解尽红衣露玉台，莲蓬影里自圆裁。

含苞贵子君心薏，湖泽英华好未来。

# 步韵诗友紫薇花

阴凉树下沁芬菲，传说神清有紫薇。

痒痒奇花开笑靥，团团异彩映斜晖。

娇枝展翅红霞意，炎日当空暖翠微。

难怪玄宗官署寓，如今街道胜宫闱。

## 步韵诗友牡丹花

曾经夜里绝天开，往后双倾自在来。

等到春花凋谢后，一枝红艳任君栽。

注：首句引用武则天与牡丹典故。

## 步韵诗友油菜花

桃后黄花闹，羞为苑里行。

只来田野外，一片故乡情。

## 和龙翔宇幽兰操

百卉愧羞来，兰香独占台。

悠然花瓣秀，姿态板桥裁。

自恋幽山谷，休将染世埃。

无邪身玉价，不改旧时开。

注：板桥即郑板桥，是"扬州八怪"之一，画兰、竹的一代宗师。

# 咏梅雨季

夏日炎炎半夜钟，愁居千里望天宫。
此时梅雨江南热，应是荔枝青变红。

# 步韵诗友红叶

老树秋风不用争，依微霜露自清明。
谁知石径何红叶，道是寒时造化成。

# 步韵诗友问菊展东湖

落户鹏城卅一期，丹台摆景入东篱。
江山锦绣千千样，雨露黄花日日滋。
君看浮霜金蕊傲，谁寻陶令骨风思。
何曾不想丛中坐，醉语人生正艳时。

# 咏白牡丹

一朵倾城白牡丹，风流独秀占花坛。
更枝插色千人爱，唯我钟情着素冠。

# 步韵施春莺冬荷

满目冬荷胜乱麻，霜风催衬叶残斜。
兴衰本是天然作，留得枯香待自华。

# 题奇松图

天成傲骨奇松立，一踏云涯独石坡。
远避全身遭砍伐，平生险处又如何？

# 咏柳

垂条柳眼变黄初，借得河边放任疏。
待到飞花满天雪，谁来告我续诗书。

# 问柳

寒来露柳瘦枯僵，暖入风条软负墙。
又是春阑飘絮败，一身何苦不均常？

# 木棉花

英雄血性染云霞，映衬霓裳气自华。
莫道春阑迟日出，擎天立地最高花。

# 春也落叶

皆知秋肃瘦枝空，也见春回落叶风。
造物流程无有序，生生灭灭看天公。

# 秋草

经春经夏经秋老，已染寒霜片片黄。
又是残阳斜照处，和烟飘落更苍凉。

# 水边野花

一水流溪绕野花，风情照影亦成霞。
寒潮纵跃惊飘落，绝胜城中碾作渣。

# 咏浮萍

乱点杨花尽了春，凌波小厴正清纯。

湖平静静情生绿，浪滚涛涛意抚身。
软体伸头偷水面，青茎到夜掩冰轮。
人间莫笑浮萍性，雨打风吹善处滨。

## 咏蒲公英

天生烂漫随风舞，白羽舒张向际涯。
款款飘来笙女似，迟迟卷散雪纱遮。
瑶池已厌寻栖处，海角犹怀是住家。
远避红尘清静月，阿郎有意接英花。

## 咏金茶花

嫩艳金黄一色香，新年着意放花光。
何须五彩风情闹，自比诸茶品格彰。
菊应含羞提早落，梅知不语赶前藏。
中庭可助芳菲致，染尽春阑冠树王。

## 咏月季花

谁花阅尽整年终，此物常开四季同。
难及桃梅春至艳，未能菡萏夏生红。

群英摆弄应时景，独自循环随月中。

喜看芳菲堪醉意，人间无日不东风。

## 咏芭蕉

风急单衣破，依然护蕊垂。

从来身曲静，可谓腹甘滋。

也有多情日，如何苦雨时。

凭栏常见得，卷叶索题诗。

## 种豆

西畴种豆稀，杂草乘虚围。

荚落催枝瘦，萁枯衬夕霏。

怜生灰化尽，不死道乖违。

纵目凡间事，人如此物微。

## 咏丝瓜

夏绿自花香，藤青独节长。

无牵难上架，有引可争光。

结果连房仔，宜生映水乡。

天然清肺腑，到老不愁肠。

# 文旦柚

故土堪称好种田，移来文旦胜原先。
应多雨露常年著，少有风霜到处延。
玉柚还须勤惠润，琼枝自果积甘鲜。
生津未入咽喉发，一唻清神欲作仙。

# 采茶赋

布叶暖春芽，携筐上路赊。
行行残月照，采采夕阳斜。
脊背知流汗，茶汤未湿牙。
辛勤谁子品，豪饮富人家。

# 六

## 诗行山川·转侧青山翻异景

　　山山水水，不仅是人们生活之需，也是文人一方精神家园。中国第一首完整的山水诗应是曹操的《观沧海》，为千古咏唱。

　　游于斯，乐于斯，静观默察，形诸笔端。或游中直抒，或游后追忆，或寻找古迹，或感怀风物，或赞美风光，或寄托情思等等，千汇万状，牢笼百态，美感纷呈。

　　有人云："诗得江山深有助""江山亦合助诗人"。诗行天下，常常超出山川本身的美景，去探究人生哲理——转侧青山翻异景。

# 观圣索菲亚教堂

冰城一教堂，迥异入沙皇。
绮丽洋葱绿，参差字架黄。
连甍衔夕日，归鸟啭圆墙。
往事钟声远，依然忆国殇。

# 吟黄鹤楼

脉脉长江水，辛人盼鹤归。
蛇龟山月曙，城郭景花菲。
四闼通商客，千帆泊岸矶。
搜神情可揖，犹唤道仙威。

注：辛人，传说中有位姓辛的人开酒店，因感恩修建黄鹤楼。威，传说中的学道仙人丁令威，化鹤归来，有少年欲射而飞去。

# 望黄果树瀑布
## ——步韵张九龄湖口望庐山瀑布泉

白水腾空泻，青山带紫氛。
捣珠飞叠嶂，崩雪出层云。
横洞拦腰视，垂帘近耳闻。
霓虹相映日，天地共氤氲。

# 吟三门峡

大禹凿三门，天开八面轩。

飞鹅长袖舞，引首满湖喧。

碧水沉山月，红霞映日坤。

明眸羞对视，皓齿吐歆言。

# 吟三沙

史记朱崖海，三沙祖地滩。

先民遗井灶，古瓦见风餐。

鸥鹭椰间舞，渔歌岛上欢。

任凭凶浪恶，列屿固如磐。

# 伪满皇宫

长春殊帝宅，算是一宫廷。

近日同心愿，偏州执政听。

云低昏殿院，叶落满阶亭。

再做皇家梦，空劳伪国铭。

注：日指日本。

# 长白山天池遐想

两国分峦拥，孤潭共际悬。

云峰承漏斗，涧雪化龙泉。

滞雾迷神水，乘槎问汉乾。

忧斯火山口，一爆祸无边。

# 皋亭山观桃随感二首

## （一）

江干二月春风剪，绛雪夭桃满眼开。

记得骚人曾笔会，今朝寻梦奖诗台。

## （二）

蓬岛流霞谁得见，皋山一览醉游人。

东方要是来居业，何必偷桃作贼臣。

注：东方指汉武帝时的东方朔。

# 游清昭陵有感

步入皇陵霸气中，森严楼殿古松风。

经霜石像犹思主，仰首龙头怅望空。

宝顶神榆枯又绿，林间燕雀总相同。

江山本以昭明续，兴废长河永向东。

## 游大连棒槌岛敬和叶帅远望

卷雪风涛感赋翁，银鸥翔海搏长空。
传闻国际低潮落，怅望周边满眼蕡。
外岛依然藏鬼蜮，中原还好敢雕弓。
一挥棒槌千层浪，犹唤将军射日功。

## 沈阳故宫怀古

遗业寒宫倍觉凉，依稀古迹感沧桑。
先皇有意兴龙旺，故地无心许脉长。
纵使迁都风水顺，可堪载道庶民伤。
历朝殿宇何神圣，过尽繁华一样荒。

## 八达岭长城感怀

纵目层峦八道弯，盘龙卧虎共雄关。
今为好汉闲情致，古遣庸民苦泪潸。
岁月难消遗迹壮，山河永记固边艰。
犹怀锁钥成城志，更待强军岂汗颜！

# 咏奉节云海

众水腾灵雾，随风妩媚生。
来回低又仰，转折薄而盈。
白气重天日，青山万古情。
千诗难咏绝，汇入一壶城。

# 游十三陵感怀

众客游观俱叹奇，群皇共地抱残枝。
青龙有恨空山卧，白虎无威朽木欺。
本以藏风怀玉葬，何期聚气暖春迟。
明陵不管千秋业，翁仲尘斑满目疑。

# 颐和园怀古

漫步长廊渡画河，心潮起伏比湖波。
亭桥彩阁颐归此，石舫洋容意若何？
也许开窗观浊界，安知变法失清荷。
千秋功过随他去，旧苑新花舞更娑。

# 圆明园遗址有感

昔日明园何处是，残垣乱石搅心伤。

曾经寓意入神地，不久飞灰蒙月光。

茂苑易生花锦簇，空拳难敌火刀殇。

谁家记得当年恨，好景还须计远长。

# 追寻茉莉轩

脉脉澜江归碧海，临高百仞濯顽沙。

中原古韵天涯角，角岸穷乡茉莉花。

景惠初心情可揖，澹庵源水泽难遮。

先人虎豹千秋月，闻道斑斑映彩霞。

注：茉莉轩位于海南临高师范学校内一所旧学馆，原为宋代临高县令谢渴所建。

# 咏五指山

连天五指数春秋，纵目云涯日月浮。

忆昔群争黎峒领，当时剑拔血风愁。

花开掌上珍珠散，客入林间锦绣游。

振臂挥弦流水韵，高山举袖笑回眸。

# 游山海关

北倚燕山连渤海，榆关险要历沧桑。
曾经百战英雄地，不改长城古气场。
石藓阴生思旧物，楼台峻固若金汤。
心潮激叹前驱壮，游此方知第一墙。

# 游秦皇岛黄金海岸

昌黎碣石今何在，赢得闲来乐此游。
浪濯银沙星灿灿，风吹碧海鹭悠悠。
以观红日天边出，忽觉丹丘水上浮。
难怪秦皇歌咏志，东临仙境引人酬。

# 缅怀歌乐山烈士

忽似松林坡上啸，并非歌乐接迎宾。
阴森滓洞沉灰迹，明灭牢房列梏尘。
可恨风烟残忍毒，岂堪鬼火劫生民。
深怀英烈心头血，化碧江山万里春。

# 红岩村观感

青藤蔓草满红岩，难掩时危极不凡。

当局森森犹地狱，寒山渺渺着褴衫。

村中两党明为合，馆内元凶暗欲馋。

此有阴阳歧路意，沧桑正道自扬帆。

# 在中堂观感

乔家大院古风存，画凤雕龙独受尊。

我看故宫堪比势，谁来豪宅敢齐论。

百年贾智清明月，满苑儒文润泽轩。

印象繁华容易过，观其教化最留魂。

注：乔家大院又名"在中堂"。

# 五台山

因缘拜会清凉地，一路阴晴转折间。

雪盖青巅云海立，天回紫气日头还。

黄冠道迹难寻觅，白塔禅音未减删。

入耳洗心如镜月，思玄更喜五峰山。

# 平遥古城

四合女墙存古邑，浑然隔代旧时营。

官衙悬匾风烟暗，市面谯楼日月明。

百载尘封归咫尺，千门境界久纵横。

沧桑不改龟城色，更喜镕基手泽情。

注：镕基即朱镕基。

# 满洲里

无垠草浪满洲情，红色边关马足轻。

已悟中俄曾隽往，犹怀领袖此经行。

先驱热血千秋碧，独化寒山万物荣。

丝路新潮承景日，呼伦湖畔一春城。

# 响沙湾

今来欲问孤烟直，却见黄沙浪上天。

脚下流风移浅迹，云中落日合圆毡。

分明入耳呱呱响，疑是吹箫细细连。

本想幽鸣寻妙趣，翻忧漠化转无眠。

# 登泰山遇雨

云横岱岳钦，水柱涧崖浔。

雨雾消奇峻，松风入邃森。

深秋寒冷意，精舍晚空音。

感此难高视，无缘绝顶临。

# 谒曲阜孔庙

古柏童童出旧年，遗风肃肃继炉烟。

何因帝所多荒野，转觉儒门独蔚然。

百代明君仪拜祀，千秋圣德礼修延。

熙熙攘攘几真悟？有待杏坛花更妍。

# 崂山棋盘石有感

石状棋盘立海皋，风云莫测几残遭。

潮音涌岸潮来佛，道士观天道占鳌。

犬齿交加明壁垒，峰腰叠掩暗波涛。

其间造化神奇景，最爱嘹鸥搏浪翱。

# 蓬莱阁随想

秦皇汉武寻仙梦，未见长生妙药传。
反有蜃楼浮海水，却无鳌柱顶云天。
蓬莱只合多情赋，殿宇空怀几匾悬。
幻想移文神话里，风摇虚影化飞烟。

# 水调歌头·夜游秦淮河

淮水历弥远，夜泊问源头。小楼台阁相错，回槛倚明眸。才子佳人无数，桃叶情归何处，渡口也风流。依旧一轮月，窗格对龙舟。　　画舫过，波荡漾，十里悠。棹歌声起，河畔轻舞柳丝柔。花树风情妩媚，灯影斑斓陶醉，形胜似丹丘。此景上天有，但愿载千秋。

# 离亭燕·冬游拙政园

冷艳霜天城苑，风物向来冬倦。石缀云峰羞管事，寺塔偏偏离远。曲岸树荫涧，倒影水中虚幻。　　多少名园深院，尽入雨轩闲侃。壮景兴衰飘忽逝，况自微尘青藓。几易主人居，殊梦同归堪叹。

# 虎丘山奇

慢步虎丘如阅简，尘封扑朔事迷离。

云中斜塔倾还立，殿上横梁断可支。

难解千僧盘石坐，空留一道剑痕疑。

传闻吴越春秋笔，孰是孰非天地知。

# 外滩游感

脚步匆匆曾记否？华人与狗辱同群。

由他海国蜂嗡至，独此洋场鼠唧闻。

黄浦斑斑淹昔耻，青砖座座废遗文。

陆家嘴岸藏龙虎，一水春潮告府君。

注：遗文指清朝与列强国家签订《上海租地章程》以及《南京条约》等一系列丧权辱国文件。

# 豫园别致

闹市城中别洞天，风和夕照曲廊边。

层楼错落清波映，叠石玲珑翠柳牵。

老去围墙浑隔世，闲来月榭可听泉。

此间静好真难得，陶令有知聊续篇。

# 致海南

潮头而立续新时，再上层楼引海丝。

水映白鸥身妙态，光生绿浦影丰姿。

深怀琼岛渔歌唱，远眺神舟日月随。

应许三河清石肺，还教五指画山眉。

注：海丝指海上丝绸之路。三河指南渡江、昌化江和万泉河三大河流。

# 黄山游览

天都造极尖峰晓，一出晨曦独览先。

下瞰苍茫崖荦角，高悬错落涧松烟。

林中众鸟奇声啭，雾里何方暗水潺。

转侧青山翻异景，回还老路亦新鲜。

# 满庭芳·九华山昏

天柱斜阳，冬时疏景，又逢西北寒意来。眼前山况，黄叶落横崖。想必丛林遇雨，经霜雪、萧杀风裁。门坊外，群峰古木，明显瘦如柴。　　堪怀，修炼处，仙家有道，药石成埃。好在温炉熏，浑觉心开。传说闵公雅量，诚施地、九九蓬莱。昏钟响，回头望去，圆月挂天台。

# 瑞金感怀

走近叶坪寻古道，依稀垣迹感沧桑。

机关简陋千疮孔，岁月艰辛满地霜。

反剿硝烟惊虎穴，突围血雨染疆场。

九江溅泪伤离别，十送红军万里长。

# 井冈山感怀

秋风漫卷井冈攀，从此燎原遍满山。

四面雄师齐拱北，三湾正道尽开颜。

南瓜做饭精神出，炮火连峰胜利还。

十里杜鹃花竞放，金蟾俯瞰是人寰。

# 遵义感怀

湘江不管兴亡事，旦夕关头主席搴。

柏馆灯明通月夜，古城云散出阳天。

娄山一战雄师振，赤水神兵四渡旋。

二万五千铺纸墨，只教妙笔写诗篇。

# 延安感怀

雪舞飞花铺玉路，春归宝塔满山青。

悠悠柳岸延河笑，切切杨家《讲话》叮。

秣马磨刀驱日寇，挥师布局御风腥。

初兴应向东方亮，引道还须北斗星。

# 西柏坡感怀

湖光柏翠今悠适，忆昔浪涛胡马惊。

手上拈烟运帷幄，坯中点将用神兵。

红笺浸迹江山秀，旧物留痕岁月清。

赶考金声忧彻耳，春风梦里醒钟鸣。

# 夜宿华为

百草园林五彩光，虫蝉雀鸟树惊藏。

摩肩来往多肤色，接耳交流众国商。

车水马龙犹市易，华楼月夜胜天堂。

传闻总是不堪破，且看银河万里长。

# 步韵诗友夜泊神女峰下

迷雾千年未解开，多情宋玉梦阳台。
风帆夜泊仙峰下，顿觉人间误会来。

# 步韵耕夫再登天台

日出丹霞气象骄，四方游客也逍遥。
时来雨雾长虹水，又见山滩涧月桥。
林海钟声飞鸟散，天台寺院接人潮。
千般万念随风去，尽洗铅华共处寥。

# 福田有福二首

## （一）

深资活水湔顽石，圳里扬帆拓道行。
福到莲山春万物，田村就此一壶城。

## （二）

深南玉道流光彩，圳港相连莽翠微。
福地春潮成最忆，田家已就揽朝晖。

## 滕王阁游

环廊翻异景，槛外永声流。

寒气连江色，闲云卷影悠。

鸣鸥随入雾，赏客转回眸。

阁主功名迹，千年指顾休。

## 庐山观雾

雾海庐山漫，泱茫一派皑。

冲天堪蔽日，俯地似奔骀。

涧气难寻迹，湖岚但见瑰。

只缘身淡薄，浩态谷风裁。

## 普陀山

苍龙卧海浮莲座，圣水倾瓶润道场。

葛井遗砂相问处，梅岑扶树自留香。

周遭白浪黄尘濯，掩映青林紫气扬。

千古人间求净地，普陀山境可安乡。

# 咏六和塔

叠木层云可问天，当朝拾级念心虔。
千帆过往新声急，孤塔消磨古迹悬。
吴越纷争犹在目，江湖不管逝惊川。
人间梦里钱塘镇，骇浪依然复旧年。

# 龙门石窟

两岸青山相对视，魏唐共醉造神风。
龙门万佛经霜迹，鬼斧千尊带月朦。
更觉剪刀天手意，不知匠石道人功。
民膏化尽伊河水，荡荡流声只向东。

注：剪刀指剪刀手佛。

# 开封包公祠

肃阊严霜映碧池，青筠翠柏拥专祠。
人间正气包公骨，世俗歪风驸马尸。
铜铡无情除黑恶，廉泉有味涤肥私。
惊乌绕树非神话，千古雄威见勒碑。

# 咏嵩山少林寺

少室林中名古刹，千年净地武僧门。
高甍碧殿青云倚，绮树苍虬紫气吞。
一曲牧羊犹响谷，群峰恶鬼自惊魂。
晨钟起舞禅心砺，日出嵩山照绀园。

# 东湖忆游

楚天风物巧能裁，绿道围湖水映梅。
日出波光帆荡漾，烟含柳岸鹭徘徊。
三边照影磨山恋，十里行吟醉客陪。
老去流年怀旧梦，动情往往蓦然回。

# 岳麓有材

七二尾峰回首望，层林尽秀使人怀。
亭含枫叶红山麓，岳入岚光绿竹斋。
细数匾碑先者志，遥瞻书院后昆佳。
千帆已过湘江去，子立洲头目际涯。

# 敬仰韶山冲

群峰共拥小山冲，接踵潮来万鞠躬。
远古箫韶虽盛况，今朝礼乐更高崇。
塘中犹记击波勇，屋后也曾流麦功。
此地堪容天外物，乾坤不负入云鸿。

# 登岳阳楼兼和杜甫诗

杜来留手笔，范远记湖楼。
望眼同忧慨，飘蓬共载浮。
乾坤仍复转，风雨屡沉舟。
今日凭阑见，洞庭依旧流。

# 春游越秀山

晨曦登上山园顶，纵目花城日射晖。
鸟悦林荫湖水碧，人欢场舞树桃绯。
仙羊赐穗皆嘉颂，草木熏风尽翠微。
又见千帆乘破浪，春江越秀更芳菲。

# 醉游漓江

天宫洒墨漓江染，化作丹图世所稀。
水上青螺摇橹动，空中白鹭入霞飞。
画山指马知何似，凝雾收云看是非。
迎面清风熏欲醉，游仙也叹地神微。

# 登大雁塔感怀

西途万险书空过，觉道无穷未解开。
本是真经堪献梦，却悲玄奘亦成灰。
只图天外超然物，不许江边达者才。
雁塔题名斑迹古，登观云海月徘徊。

# 秦兵马俑观感

顿觉威从哪里来，兵权拥足自由裁。
始皇地下犹如此，后代人间更效哉。
梦想千秋基业固，驱驰万马柳营开。
但悲陶俑皆残断，我见民心胜甲盔。

# 满庭芳·游西岳华山

西岳嶙峋，千幢百峡，处危惊险还奇。是何神斧，削石劈山垂。敢叫平川突兀，翻成顶、万物皆低。一门道，升天入谷，都可掌中窥。　　行时，如履刃，当心脚破，跬步难移。更畏悬栈空，走错无归。如此华山扼地，引无数、争上观之。从中悟，虽峰不绝，只有寂孤崖。

# 法门寺

游中忽觉回唐宋，古色莲池映法门。
孰可无生长养寿，原来普愿独乘轩。
果真护国乾坤顺，实处更朝血泪吞。
何必堆金修佛供，民心才是活灵魂。

# 西夏王陵

贺兰山下走风沙，满目残砖绊脚斜。
唯见明丘相对立，不知暗室可交叉。
皇孙若是流泉遇，魂泪安能祭夏赊。
羌笛悠悠长有恨，王朝更替永无涯。

# 六盘山

六盘曲径连峰翠，拦得山风贮玉壶。
涧底龙潭流水月，云中瀑练洒泉珠。
重来古道雄关览，百感长城好汉呼。
此境清凉无滓垢，天光净透一平湖。

# 麦积山石窟

孤峰突兀悬崖峭，承载毗耶不等闲。
窟里无生观世界，人间有死拜经纶。
凌空佛上连天近，登栈尊前动骨攀。
净土何须寻绝顶，原来都市尽尘颜。

# 拉卜楞寺

七月甘南已肃秋，山风迎面冷飕飕。
红墙净殿斜阳照，白塔清真暮霭浮。
顿觉参差皆有序，方知错落是无求。
僧来问客菩提事，佛理深深此地幽。

# 塔尔寺

莲花山坳层层殿，满寺金檐挂彩幡。
三绝传神灵有性，十分待客佛施恩。
经轮一转黄尘落，化雨方成甘露存。
塔尔千僧如此拥，其间奥妙独玄门。

# 青海湖

神奇碧海环山抱，纵草连茵牧马横。
岛鸟啾啾犹合韵，湟鱼喥喥近吹笙。
莫非圣水空中落，浑是瑶池世上成。
游遍千湖无感觉，唯然此地一壶清。

# 游天山天池

曲道霞梯幻境中，云杉挥臂笑迎风。
两峰夹峙何为绝，一线通天更是雄。
忽见瑶池悬雪顶，方知王母在仙宫。
殷勤宴请泉浆饮，醉美灵山水蜜同。

# 火焰山

满目红山赤日空，炎氛炽热火烧同。

乌云过后成霞色，白马来时变黑熊。
往昔芭蕉还可灭，今朝雷雨也难融。
睁睁愁叹无从计，只借西游演戏中。

## 葡萄沟

红沙绿带一条沟，独处清凉雪水流。
架下琼枝甜欲滴，空中赤日暖相酬。
冰盘也许珍珠落，火焰从怜玉液留。
美味飘香天地外，引来无数似仙游。

## 都江堰

岷江水利二王修，从古至今分别流。
鱼嘴含波情切切，宝瓶张口乐悠悠。
安澜桥畔风霜挡，玉垒山崖岁月酬。
天府坦然存万物，蛟龙出海看神州。

注：二王指李冰父子。

## 大理古城

多情大理月明宫，携手襟拦白族风。
围绕三灵祈福雨，燔燃一火照天空。
街头舞蹈铜钱响，巷尾洞经音乐融。

胜景何愁无处看，人间最美此山中。

注：三灵指大理三塔寺旁的崇圣寺、王百神王庙和洱河祠。

# 崇圣寺三塔

三塔高空拂彩云，周观万里布祥氛。
金鹏引颈莲花座，洱海含情碧水纹。
昔日镇龙迎岁月，今朝游客解砖文。
千秋感念禅宗意，一撞鸿钟天地闻。

# 丽江古城

傍岸依山一旧城，犹存古韵满街旌。
通宵醉意春风面，遍布狂歌江月明。
曲水潺潺流自在，柔条艳艳喜相迎。
谁无乐此心花夜，叫你终生不了情。

# 玉龙雪山

索道吊篮游雪山，脚虚头重改容颜。
只因高处寒流急，已见乱峰冰隐患。
月谷听涛观百态，玉龙吐雾化千般。
冷杉素裹身临壁，却有浮云自在闲。

七

史海泛舟·评书谈古越千年

　　前尘往事能化为云烟吗？其实没那么简单，当我们翻开历史资料和典籍时，那些事儿依然还在；当我们联想现实时，那些影子依旧在眼前晃动。正所谓："观今宜鉴古，无古不成今。"

　　不管是二十四史，还是凌烟阁里二十四功臣，还是其他前尘往事，都能领略到中华历史文化的神韵，都能领略到历史人物的宦海沉浮。一桩桩，一件件，惊心动魄，又栩栩如生，令人抚迹感慨，又浮想联翩，有不尽的余味。

　　培根说"读史使人明智"。让我们一起"评书谈古越千年"吧！

# 二十四史吟

## （一）史记

三千岁月烟波渺，百代风流帝苑空。

纵有桥山续香火，可堪金屋养深宫。

秦人失鹿中原逐，楚汉射雕垓下终。

惯看春秋多少恨，醒来罪己问苍穹。

注：桥山指黄帝崩葬的地方。罪己指汉武帝"罪己诏"。

## （二）汉书

谁解相如子虚赋，依稀乌有影回还。

萧林落叶狐心病，风雨催人眼泪潸。

韩信不知归马厩，张良犹预变龙颜。

长宫暗度何时了，只恨登坛在世间。

注：长宫指长乐宫，韩信在此被诱杀。

## （三）后汉书

曾经白水龙飞起，又现红光帝气升。

只叹豺狼横道立，安能狐鼠问谁承。

椒房掌控儿皇令，凤辇巡游外戚乘。

血诏藏衣无济事，公超作雾似云崩。

注：白水为（刘秀）世祖所起之地。红光：刘秀出生时红光照堂。血诏：献帝想摆脱曹操控制，用鲜血写成诏书，密藏衣中，史称"衣带诏"。公超即张楷，能作五里仙雾。

## （四）三国志

风云变幻刀光影，付与林间夜杜鹃。

纵有情言出师表，终归沧海赋诗篇。

吴山犹带英雄气，蜀室却悲安乐天。

成败是非昏日月，评书谈古越千年。

## （五）晋书

曾闻禁嫁羊车未？斗富谁资紫障连？

无奈八王成反目，怎堪四塞又生烟。

常常外患难赀数，日日内忧何继权。

化作江淮都是泪，平陵枯树夜啼鹃。

## （六）宋书

奈何恭帝夕阳下，田舍翁家窥探来。

万里乘风终浪破，一朝戏幕复门开。

夜游秉烛时行乐，日渐衰条始叹哀。

陶令归辞描画卷，桃源梦景唤难回。

注：归辞指陶渊明的《归去来兮辞》。

## （七）南齐书

昙花霎现南齐史，袍服轮穿上戏台。

日出三竿天忽雨，朝来四帝命遭灾。

人心隔肚难于测，血脉连筋暗处猜。

自古君王愁苦短，长空依旧月徘徊。

注：四帝指立朝以来有四个皇帝被杀死（总共七个）。

## （八）梁书

一代风流文妙质，许多才子赋精神。

皆知唐宋诗词盛，早有梁朝著作春。

自古寒窗优则仕，非因儒雅败穷臣。

何堪萧绎把书毁，都付江陵万世尘。

注：萧绎是梁朝第三任皇帝。

## （九）陈书

梁朝唱罢陈朝上，戏曲终停乐曲迎。

自古君贤皆奋发，非关诗道可昏生。

无心理政穷词艳，当众怀妃满座惊。

枯井藏身伤败北，岂能再有后庭声。

注：后庭指陈后主所作的《玉树后庭花》。

## （十）魏书

心慕汉家生道促，胡崇元氏始都移。

惊风骇浪天飞雨，朽木斜巢鸟落枝。

皇室山摇争帝位，黎民地动揭竿旗。

轻言有路扬镳去，却下来人叹黍离。

## （十一）北齐书

弯弓灭魏始新皇，却见宫城满地霜。

手足相残穷独霸，朝纲不顾岂无殃。

时常痛饮行歌乐，昼夜荒淫掳妇狂。

世事轮回惊鸟散，秋风暗换使心凉。

## （十二）周书

文皇善任千军马，从此乾坤转捩时。

一直崇儒匡正道，几经革制出鸿规。

东迎劲敌削平患，北措和亲化险夷。

写就山河关陇影，英姿不世史难移。

## （十三）隋书

横扫千军六合尊，估来一统两皇轩。

相疑父子君王梦，互戮弟兄家鬼魂。

旷野萤虫无觅处，隋堤杨柳有行辕。

龙袍不落李渊手，应是游船到海门。

## （十四）南史

四朝递嬗江南梦，离恨芸芸众将生。

皇室荒淫承腐朽，官场险恶没精英。

一衣带水如天隔，两族同宫为氏争。

枯井孤身无近信，后庭玉树鹧鸪声。

注：两族指南朝士族和庶族。

## （十五）北史

向汉崇儒北史中，人间正道至今同。

天无密旨长生好，世有丹书隽德功。

古代前贤行礼节，当朝后裔颂家风。

江山也想常青在，徒抱雄心一任空。

## （十六）旧唐书

神机济世千秋颂，天命安民几代情。

贤后从无听政事，长孙岂敢乱君卿。

房谋杜断同笙管，臣谏皇遵数魏征。

一鉴冰壶清日照，群星拱月碧华明。

注：长孙即太宗长孙皇后。房指房玄龄，杜指杜如晦。

## （十七）新唐书

一代风流儒雅志，满朝墨客作诗篇。

且行牛角挂书读，更有心肝沥血研。

自遣长安分谒刺，他歌翰苑叹归田。

多情献赋空悲切，宛若寒宫上九天。

## （十八）旧五代史

藩镇离经风雨里，黄河又见水滔天。

朝回五代频诛命，间插十邦常乱权。

父宠儿妻遭子杀，兄除手足似油煎。

悲鸿遍野声声泣，凄草孤坟座座连。

## （十九）新五代史

走马观花花不管，加袍演戏戏无妨。

伶官得宠常欢笑，反将冲冠乱杀狂。

求助他人行父礼，甘分祖地做儿皇。

悲情帝赋哀声叹，仅有诗存恨国亡。

## （二十）宋史

周而复始又春来，也想栽花老不开。

庆历熙宁求变法，仲淹安石梦成灰。

笔耕苦海波涛涌，诗案微词鬼魅猜。

空有崇文难济世，更堪冷月过乌台。

## （二十一）辽史

折腐摧枯又一朝，南征北战扩疆辽。

男儿疾马如弓箭，皇后扬沙似大雕。

漠漠草原风雨变，茫茫沧海木舟漂。

九泉若见弟王问，羞愧难言不好聊。

## （二十二）金史

白山云起辽朝灭，黑水波涛北宋亡。

太祖全家平局势，完颜诸位扩边疆。

时来满眼佳人色，哪有真心正道忙。

本以名金长不坏，到头哀帝缢悲凉。

注：太祖即完颜阿骨打，金朝的创建者。完颜即金朝皇族。哀帝指哀宗，金朝最后一个皇帝。

## （二十三）元史

沙漠狼烟战幕开，草原铁马踏蹄来。

四方绝域皆征服，一统江山似剪裁。

只怨子孙权欲斗，相残手足血成堆。

同宗反叛亲离散，大厦将倾众力推。

## （二十四）明史

浪迹江湖漂四海，群雄逐鹿灭元朝。

明皇继位相交恶，暗地藏刀互斗嚣。

谁顾平民成落寞，唯求自己过逍遥。

宫中挽幛飘孤影，树下英魂上九霄。

# 凌烟阁二十四功臣吟

## （一）长孙无忌

凌烟阁里论功臣，首戴英冠最杰人。

原以皇亲知必谏，能为圣主信依遵。

终归白意言添罪，直到黔州泪湿巾。

一面阴阳难一日，同心辅佐不同春。

## （二）李孝恭

纵马横戈如破竹，举杯见血乃安邦。

岭南一派扬旌烈，唐室诸军伏敌降。

论赏封王花锦树，招兵筑宅诟涛江。

功成岂可春风面，当诫天寒入纸窗。

## （三）杜如晦

猛将偏多杀敌功，谋臣更有定盘雄。

秦王府内曾疑惑，玄武门中却说通。

别看文场难见血，催伤肝胆似焚躬。

追思杜逝明君泪，犹佩唐皇最识忠。

## （四）魏征

至今犹忆魏征言，不顾龙颜直谏存。

事事济川明法度，朝朝捧日尽忠敦。

丹心造化清风月，白意平生甘露恩。

何故千秋才一镜，只缘难见世民魂。

## （五）房玄龄

幼接遗风博览经，成文倚马有玄龄。

谋猷千里如谋面，典策三章奉典型。

器宇宽怀江海合，天颜喜色醋坛醒。

唐家若失才峰秀，岂使山河郁郁青。

## （六）高士廉

功成玄武声名远，佐助唐家度量宽。

荐鹗朝廷无一漏，修书氏族得高看。

魂牵贤母风霜苦，德化益州春草繁。

古者孝廉堪世范，当今应效此为官。

## （七）尉迟敬德

风云暗日一丝光，立马回戈归附唐。

勇战身经无不胜，清明骨透化疑防。

皆知献纳为房杜，谁识安危系尉墙。

入世忠君于我愿，他施信任亦关梁。

## （八）李靖

可与孙吴一比肩，开唐效绩世空前。

北清沙塞心头雪，南定荆场海角天。

文武兼资堪将相，军神不愧著兵笺。

犹惊老病仍征战，自古人烟有几贤？

## （九）萧瑀

天生骨鲠犹喉塞，不吐出来情自难。

板荡昏尘知劣马，宫墙苑树立真鸾。

六遭罢相无前悔，一世为臣岂后瞒。

还好皇亲曾故识，功名寂寞化烟寒。

## （十）段志玄

临危不惧真天性，叱咤风云壮一生。

有识江山龙虎穴，知机宫阙月星明。

随君竭力非关欲，开国藩朝实赖擎。

更似柳营传美赞，劬劳军旅报恩情。

## （十一）刘弘基

屠牛一事机灵度，交好秦王草昧微。

征战随君堪猛将，浮云变幻向朝晖。

几经陷阵几回勇，首入平京首显威。

若是开唐无契阔，岂能阁里老当归。

## （十二）屈突通

隋室忠诚情已尽，唐朝事节义通心。

沙场勇猛同戈斗，故国衰微落幕临。

遇难安时随运致，逢财守道岂容侵。

为何共奉两君主，依旧功名甘露霖？

## （十三）殷开山

少壮尤工尺牍书，经纶将略不曾虚。

名成已就军中掾，才智犹能盗里疏。

再立新功真勇猛，重封旧职岁残余。

皇恩难忘凌烟画，泉下魂知泪满裾。

## （十四）柴绍

隋末烽烟遍九州，知机登上李家楼。

随君南北千山跃，破敌功勋一路收。

谷底临危谋有略，营前舞美虑无忧。

平阳公主真情嫁，驸马英雄万户侯。

### （十五）长孙顺德

义合相投门下客，风云志向李唐皇。

随龙熟计从天象，拥马先知捧月光。

击浪横江成砥柱，贪财坐事乱朝纲。

晚年折节伤心泪，念旧功臣入阁香。

### （十六）张亮

春回叶落反常见，人有逢时却命终。

断骨挨鞭当信厚，藏弓烹狗起疑忠。

岂能乱养私儿蓄，又是偏听独自蒙。

历代帝王憎异志，含冤地下泪腮庞。

### （十七）侯君集

粗率无谦有战庸，矜劳恃宠岂堪恭。

原先助帝登基胜，次后攻城获宝丰。

自感归功贪翠羽，犹怀问罪恨黄龙。

所存异志昭然雪，寒气冲天法不容。

### （十八）张公谨

归唐一到真才出，玄武投龟助定成。

辅佐秦王谋善法，随平突厥策奇兵。

为臣尽职同心月，报主观风化雨晴。

早逝英年情岂奈，何妨辰日哭悲声。

### （十九）程咬金

豪情义气归唐去，跃马先登捧日光。

身战四方如猛虎，心随千里助秦王。

哀怜反迮生寒冽，杀降成灾盗宝狂。

折节将军骸骨乞，功勋一抹落凄凉。

## （二十）虞世南

一代儒生堪典范，何朝不用此才人。

精思入骨寻常事，博学成文自在神。

弱似禁风枝上鸟，刚言谏语苑中宸。

君臣相梦幽泉下，依旧推诚满脸春。

## （二十一）刘政会

凡间何事最难为，首义成龙未可知。

先发制人关禹甸，功归开国举唐旗。

府中恩诏临朝掾，宫里忠心待漏时。

后守经营花锦簇，英名一世永芳垂。

## （二十二）唐俭

知机谏举谋猷远，难得心存捧日情。

入狱犹怀天上月，同舟共灭海中鲸。

一言助破关边垒，大胆诚评马背弸。

贞观由来非运祚，纯臣遇到主开明。

## （二十三）李世绩

效力瓦岗初见善，更名归属拜唐臣。

从平四海开疆阔，环固长城逐日臻。

忠义情怀如朗月，清廉秉性越崚峋。

三朝共载功勋册，化血催花满苑春。

（二十四）秦琼

天生彪悍闻名远，奔走诸军未合心。
雨后群英终见日，唐来大战遍惊禽。
争先灭敌单刀勇，谁独驱烟匹马深。
尊作门神传世代，九州万户拜于今。

## 世家之一·陈胜

赶路征夫久苦耕，也能振臂拥千兵。
提心暴政不堪活，死国垂名犹壮生。
斩木风潮张楚地，揭竿鼙鼓荡秦营。
功高岂在当皇帝，此后中原失鹿鸣。

## 世家之二·萧何

际会遭逢沛县城，阉儿满纸写同名。
经纶裹腹观风日，辅弼谋猷化雨晴。
自污民声蒙赤帝，犹怜晚景隐良弸。
谁知韩信一时错，千古谈资未了情。

## 世家之三·曹参

三人际会反秦谋，从此沙场共佐刘。

百县诸侯皆独获，平阳万户食无忧。
功高拜相精神足，颂满垂名岁月酬。
最是随萧依旧制，清心而治也风流。

## 世家之四·张良

锤入狂秦中副车，桥逢高士赐兵书。
一惊一喜轮回遇，寄望寄怀光复初。
佐策入关成霸主，开门斗勇展才谞。
深谙鸟尽良弓断，告老云山竹下居。

## 世家之五·陈平

凡间自有常青树，尽管移栽照样生。
三地解牛刀顺骨，四朝献计手敲枰。
封王韩信摆平局，佐汉刘邦布勇兵。
是处留心谋出路，由天雨雪问前程。

## 世家之六·周勃

早在郊区营副业，强身习武马弯弓。
反秦战役从无缺，叛乱残兵实有功。

两度拜丞惊掉栗，终年入狱弱禁风。
朝中伴虎真言是，往事云烟一世空。

## 孙膑

同窗未必同心友，害此通常害彼时。
断足岂能连断路，先人哪得有先知。
街头混日神饥忍，圈里蒙天鬼道离。
一箭终归兵砍树，回光已觉命哀迟。

## 韩信

饿寒共忍复何几，胯辱言侵更罕稀。
有骨堪能伸屈志，无心同与往来非。
功成反灭谁忧虑，国定难从将恋威。
一世英明差一念，回思范语已迟机。

## 卫青

功高盖主玩低调，不效淮阴不见收。
七战边疆无过失，千银万户未传留。
家中拒养私兵卫，营里和谦尽雅酬。

懂让皇亲安岁月，终身誉满泛金瓯。

# 伍子胥

春秋乱雨覆青山，只句谗言动世寰。
一夜愁然催白发，三生有幸过昭关。
鞭尸已解心头恨，洗雪难还故国删。
又是奸臣胡作语，惟留双眼视人间。

# 红颜至尊之一·吕太后

谁门老父独神看，许女于归撼政坛。
夫婿沾花还惹事，身家为质苦凭栏。
傍观无就宫中玺，自度堪知马上鞍。
只吕不封除异姓，临朝称制此开端。

# 红颜至尊之二·邓太后

诗书不败女儿春，入得宫门玉质身。
礼貌清明知大体，衣冠素雅显高纯。
随和佐策天庭秀，克俭勤朝帝业新。
故俗偏言皆可忍，何须帛裂怨蒙尘。

## 红颜至尊之三·冯太后

无名小女身奴婢，却似芙蓉出蕊红。
入选后宫成帝爱，常闻前殿学经通。
英明果断丝麻解，污浊根除汉法融。
孤独何堪情寂寞，风花雪月也称雄。

## 红颜至尊之四·武则天

才人造字耀苍穹，最是清宵独月笼。
智斗群妃摇羽扇，威除对垒解雕弓。
倾情御苑风花舞，问鼎皇天星日同。
只恨江山留帝子，无言碑石武周空。

## 红颜至尊之五·刘太后

鼗鼓因缘痴帝恋，江山自此向刘移。
天随圣主新人笑，子换狸猫古戏悲。
也效媚娘帘后坐，犹为龙衮祖前披。
终归世俗超凡力，再有雄心亦固辞。

## 红颜至尊之六·萧太后

早慧花开艳国辽，承天摄政予临朝。

挥师跃马烟尘滚，把策迎机鼓角消。
一纸盟书酬月满，百年盛景达风调。
人生有缺无遗憾，雨霁云情尽乐陶。

# 红颜至尊之七·孝庄

御苑迎花近日边，祥云从此满阶前。
刚风辅帝传经遂，柔雨生情败将悛。
育德清官明大义，承恩远漠晓慈贤。
何须听政垂帘后，母至春开乐事全。

# 红颜至尊之八·慈禧

花枝招展皇恩宠，御赐良机自度心。
露骨谋权无不尽，垂帘听政未休临。
黄袍只在空蒙月，紫殿堪悲雪寝衾。
末世独尊何所怨，东陵落得败尸侵。

# 沙丘之变

沙丘血迹未干时，又现阴车腐败尸。
缘是秦皇亡有诏，却闻胡亥就无疑。

人心隔肚谁堪见，马足行踪始觉迟。
卷雪重来惊晚悟，安知宠信把花移。

# 周勃救汉

屡建军功一路随，忠君猛将志难移。
朝堂逐日阴云密，吕氏遮天炎汉危。
马上挥戈平祸乱，尊前拜主告祥祺。
堪安刘室惟周勃，幸得江山草木熙。

# 王莽篡汉

周公辅政有流言，未见寻机取玺吞。
王莽谦恭皆赞口，刘婴废黜独乘轩。
标新改制风霜急，复古依初霹雳喧。
一旱飞蝗倾大厦，悬颅城下问何冤？

# 曹魏代汉

曹魏征诛岂谓奸，时因帝日落西山。
群雄逐鹿何妨顾，各地牵羊不等闲。
胜者为王依古意，彩旒戴冕换新颜。

由来摄汉从兹始，朝代轮回又一还。

# 杨坚代周

又是昏君暴虐残，周家欲坠雪风寒。
奈何幼帝催朝早，还得老臣扶马鞍。
禅让主权成贯世，日移外戚已迎銮。
开皇六合江山阔，望月圆来缺去难。

# 玄武门之变

玄武门边一血腥，原来兄弟夺朝廷。
渊皇惊得神魂落，太子翻成鬼目瞑。
日晒前袍为旧物，风吹后苑倚丹屏。
从兹贞观兴唐现，或是天随势必经。

# 张柬之逼宫

天知地晓人心隔，捧日忠臣未必真。
任相本该随杖策，从君却逼断经纶。
武王闷得恹恹困，仁杰轻描历历陈。
滚滚潮流无尽浪，开元盛世又逢春。

# 陈桥兵变

陈桥自有生王气，久仰黄袍使密裁。
御敌北方飞箭急，转师南下倒戈回。
谁知失策为遗老，兵变成功独上台。
此乃谋家惟一绝，不流滴血宋朝开。

# 靖难之役

风吹草动惊龙虎，深浅哪知藏鳄蛟。
本以子孙堪固守，岂于帝位自轻抛。
多年战火成灰土，半壁家山埋骨坳。
历代争王皆内事，边枝不管鸟倾巢。

# 明宗复辟

亲兄虏后南宫锁，众客乘机拥弟专。
一病即离新庙去，重来就奉旧恩还。
轮回称帝如儿戏，雪过争春似景迁。
谁替黎民谋福事，随君只计利名全。

# 缅怀中山

病卧松风长啸恨，银河落泪别京寰。
高怀碧海同盟愿，博爱甘泉活水潺。
犹记遗篇存日月，终将伟业寄江山。
何时两岸潮平阔，定让逸仙欢笑颜。

# 谒中山陵三首

## （一）

金山翠柏白云开，谁击洪钟梦醒来。
卧看阶前台北客，殷勤聊赠一枝梅。

## （二）

默数台阶紫岳中，自来独叩逸仙公。
重瞻四字陵门额，顿觉山川正气风。

## （三）

陵门玉匾照冰壶，紫岳深怀万古瑜。
两岸清明同捧月，洪钟共击到通途。

# 满江红·纪念孙中山诞辰一百五十周年

春水东流，山川泪、遗书悲读。兴中梦、同盟天下，中华恢复。
首义枪声终帝制，一生旗帜谋民福。忆中山、当念此功勋，朝天
鞠。　　层楼望，眉头蹙。烟如染，心胸郁。问同宗同根，此身

何属？百五年间风雨里，一湾海峡征帆续。谁能遣、浊浪起涛声，惊舟覆。

## 虞美人·祭李煜（步诗友词韵）

莲台金铸银光盏，无奈江山短。可堪因降断愁肠，千古帝才含泪别词行。　　他乡异国孤眠醒，不见风花影。岂容之侧睡诗魂，一曲悲歌冲上九天云。

## 昭君墓怀古

骚客空悲漤，孤身自独留。
何嗟延寿画，谁解汉宫愁。
关塞烽烟起，和亲鼓角收。
当年如宠幸，岂有独香丘？

## 谒成吉思汗陵

千秋一霸骑，万里总神祇。
马背揽明月，云涯归锦帷。
全球时代选，首榜世人推。
碧草连天际，圆毡括外夷。

注：时代指美国《时代》杂志，该刊在千年更替之际，对千年十个影响最大的人物进行全球评选，成吉思汗荣膺榜首。

# 八

## 读典随笔·此典文言千古意

　　典故的运用在中国文化中有着悠久的传统。刘勰在《文心雕龙·事类》篇中就提到"据事以类义，援古以证今"。历史上许多名家用典都有成功的例子，如杜甫诗"荒庭垂橘柚，古屋画龙蛇"，读之感受到用典的入化绝技。二十四孝更是千古经典。

　　然而，用典须从学典开始，不知典事的来龙去脉，就不知典义何在。历史上各种社会现象、名人轶事以及神话传说，经过文人提炼成了经典语言，使诗文增加不少意味。

　　《龙文鞭影》是用典成功的范例，用韵律之美为典故"谱曲"，同样，我们可以用诗律之声为典故唱词，从中感受典故之意味，再现典故之活力。这正是我想尝试的创作，也让我们一起理解——此典文言千古意。

# 二十四孝吟

## （一）孝感动天

出身穷苦海，父母尽顽凶。

仓井非人道，青天岂法容。

从无生怨怼，仍有孝亲恭。

象鸟耕耘助，尧君禅让封。

注：尧为上古帝王名，让位于舜。

## （二）戏彩娱亲

莱子不言老，高龄常卖呆。

斑斓身彩饰，嬉戏舞亲陪。

取水娱欢作，还童颠倒栽。

娇痴惟父母，笑脸似花开。

注：莱子即老莱子，春秋时楚隐士。

## （三）鹿乳奉亲

双亲思鹿乳，想治眼青盲。

郯子承从意，名医导向行。

身披毛有像，猎欲箭无声。

若不真情告，难能二老明。

注：郯子为春秋郯国第一任君主。

## （四）为亲负米

子路家贫苦，荒年野菜炊。

披荆行百里，负米孝双耆。

奉至家亲殁，尊从孔子师。

官荣升宰相，乃叹故难为。

注：子路为春秋时鲁国仲由，字子路，孔子学生。

## （五）啮指心痛

曾参家破落，生计度艰辛。

客至时愁脸，山行正采薪。

催归娘啮指，唤起子思亲。

骨肉连心痛，深情牵动神。

注：曾参为鲁国人士，字子舆，孔子学生。

## （六）芦衣顺母

闵损晚娘养，情于弟不同。

衣芦身受苦，失鞦手牵空。

爱父萌生气，将妻逼出宫。

贤郎曾劝曰，母去冷三童。

注：闵损为鲁国人士，字子骞，孔子学生。

## （七）亲尝汤药

尽孝闻天下，施仁国泰昌。

心怀恩太后，子奉养亲娘。

每每煎汤治，时时用嘴尝。

三年医病母，百代颂恒王。

注：恒王指汉文帝，名刘恒。


## （八）拾葚供亲

孤儿侍奉亲，孝顺甚艰辛。

莽政饥荒乱，家庭困境贫。

无粮供母食，拾葚上山巡。

熟果留萱用，赤眉军悯人。

注：孤儿指后汉蔡顺，少孤。


## （九）埋儿奉母

郭巨家贫困，添丁缺口粮。

怜孙让羹饭，饿肚瘦萱堂。

含泪埋儿欲，和妻背地商。

苍天情所动，黑土见金黄。

注：郭巨为东汉人士。


## （十）卖身葬父

董永寒门户，无钱葬父身。

偿工凭立据，插草乞埋银。

富主乘人买，贤君遇妇亲。

织缣还契约，孝子感天神。

注：董永为东汉人士。

八 读典随笔·此典文言千古意

## （十一）刻木事亲

幼小双亲丧，时常念旧恩。

丁兰雕木像，两座似身存。

君孝诚而拜，妻烦戏不尊。

休书将妇弃，饮恨泪声吞。

注：丁兰为东汉河内人士。

## （十二）涌泉跃鲤

嗜好肴馐母，劬劳孝顺妻。

勤行至江汲，常去把鱼提。

错以迟归怨，休之委屈啼。

姜君追妇返，双鲤出泉迷。

注：姜指东汉四川人姜诗。

## （十三）怀橘遗母

陆绩童年岁，人间孝顺情。

椿庭见袁术，公子隐黄橙。

拜别三枚堕，辞归众客惊。

只为怀遗母，事后意光明。

注：陆绩为三国时期吴国人士，字公纪。袁术为东汉汝阳人，字公路。

## （十四）扇枕温衾

乡人称孝子，太守赞黄香。

少岁丧娘哭，成年帮父忙。

寒天温被暖，热日扇床凉。

可贵真情在，名扬万古芳。

注：太守指刘护。黄香为东汉江夏人士。


## （十五）行佣供母

孝子名江革，童年丧父贫。

时逢兵战火，路遇贼搜身。

泣告家慈病，哀求盗匪仁。

行佣穷裸跣，受雇养萱亲。

注：江革为东汉时齐国人。


## （十六）闻雷泣母

母在听雷怕，身亡葬夜台。

苍穹来电闪，孝子泣声哀。

每每闻天响，常常到墓陪。

阿香情所动，云雾顿时开。

注：阿香为传说中的推雷车的女神。


## （十七）哭竹生笋

丧父时年少，孝亲挑在肩。

犹愁娘病笃，只想竹茎鲜。

急急丛林找，盈盈泪水涟。

冬神呼笋出，老母食羹痊。

## （十八）卧冰求鲤

幼小亲娘丧，常遭继母伤。

天寒生病痛，水冷想鱼尝。

雪化鲤浮出，冰封身冻僵。

鲜汤承伺候，举世赞王祥。

注：王祥为晋代琅琊人士。

## （十九）扼虎救父

年轻才十四，果敢数杨香。

杰粟田间割，亲爹老虎伤。

挺身空手搏，扼颈大虫亡。

父子皆无恙，家人未有殃。

注：杨香为晋代孝女。

## （二十）恣蚊饱血

孝子名吴猛，龆年懂奉亲。

床寒无帐幔，境况总家贫。

赤膊恣渠血，凶蚊免父身。

心甘情所愿，岂可比凡人。

注：吴猛为晋朝濮阳人士。

## （二十一）尝粪心忧

县令刚来任，心头忽汗流。

辞官惊急事，病父起悲愁。

味苦堪言愈，尝甜便问忧。

愿将身代死，跪拜向天求。

注：县令指南齐人庾黔娄，任孱陵县令。


## （二十二）乳姑不怠

古有崔家妇，心怀祖母恩。

年高粮费齿，日久乳供飱。

盥栉承欢膝，升堂奉事萱。

儿孙情所动，愿报孝亲尊。

注：崔指唐代博陵崔山南。


## （二十三）涤亲溺器

太史身虽贵，何尝不敬娘。

全心司本职，同样奉萱堂。

老母难如厕，孩儿勤涤忙。

一生行孝顺，几代颂名扬。

注：太史指北宋黄庭坚，位居太史。


## （二十四）弃官寻母

刘氏寿昌母，常遭嫡妒伤。

无辜别严父，有意找亲娘。

弃仕入秦地，离家辞妇郎。

同州相见面，喜气动天皇。

注：寿昌指宋代朱寿昌。

# 爱屋及乌

憎溪厌食其中蟹，爱屋无嫌壁上乌。

如此分明推及物，由来论道一何愚？

# 安仁拜尘

遗俗承恩须下跪，远门迎迓拜飞尘。

江山换绿千秋代，又见安仁望辇轮。

注：安仁即晋代潘岳，字安仁。

# 八月灵槎

海客乘槎八月来，牛星惊喜郭门开。

殷勤聊问人间事，羡慕凡夫得路回。

# 拔山扛鼎

千秋楚地英雄士，气盖江川又奈何？

纵有拔山扛鼎力，终归垓下唱悲歌。

# 拔薤威名

欣闻同学登庸仕，也效庭前置水看。
但愿君来能拔薤，威名扬震汉阳坛。

# 灞桥诗思

古有苦吟拈断须，闭门索句得愁无。
谁知我辈诗灵处，思在灞桥风雪呼。

# 白发郎潜

三朝汉帝各心情，随变升迁喜好更。
老少交相无美遇，郎官白发叹人生。

# 白龙鱼服

宦海沉浮一纸文，官凭冠冕与民分。
谁知富贵何时困，且笑白龙鱼服君。

# 百钱挂杖

初襟仕与浮尘绝，宦海商歌逐叹悲。
若有百钱资酒醉，也持阮杖管他谁。

# 班姬辞辇

古有班姬明大礼，劝君割爱辇同登。
而今世道随夫贵，沐浴春风享共乘。

# 谤书盈箧

三年攻得中山国，两箧盈书谤乐羊。
也叹今臣重覆辙，只求无过好收场。

注：中山国是春秋战国时期诸侯国，国土嵌在燕赵之间。乐羊是一名将军，魏文侯派他攻打中山国。

# 褒女惑周

为博宠妃褒女笑，惑周几举火烽台。
岂能社稷当儿戏，应记骊山亡国哀。

# 抱关萧生

将军安保搜身顾，却见萧生守礼冠。

人在江湖何苦尔？可堪一世抱关寒。

注：将军指霍光。萧生即萧望之。

# 杯坳浮芥

海阔犹能负大鲸，胸宽可纳百川行。

人生搏浪千帆过，杯芥坳浮何竟成？

# 北山猿鹤

涧户北山非隐仕，云开日出入朝宫。

晓猿夜鹤皆幽怨，故地千年蕙帐空。

# 敝帚千金

家中敝帚留余地，纵有千金不忍移。

日久平生终爱物，虽微自备绝尘时。

# 碧纱笼句

昔岁难闻未饭钟，今朝旧句碧纱笼。
前贫后贵何殊味？惯看炎凉俗世风。

# 丙吉问牛

不管斗伤无计数，可堪吉问喘吁牛。
谁知职所关心处，正是民间疾苦由。

注：丙吉是汉宣帝时丞相。

# 病卧牛衣

病卧寒酸有仲卿，牛衣沾泪满朝惊。
人生在世谁无死，何必轻言独泣声。

注：仲卿是汉代王章，字仲卿。

# 伯龙鬼笑

心生富贵岂狂思，不学伯龙虚妄为。
守道居官无鬼笑，安贫在世有天知。

注：伯龙指南朝的刘伯龙。

# 鹋鸪知雨

鹋鸪夫妇识天风，出入阴晴各不同。
莫笑争巢催雨落，人间也有效鸠雄。

# 不龟手药

物有平常得法成，人无贵贱善才生。
不龟手药漂丝困，用上吴军水战赢。

# 不饮盗泉

居官李下瓜田处，犹宿阴栖恶木枝。
只有冰心秋月白，盗泉不饮奈何疑？

# 猜意鹓雏

传闻梁相慌猜度，又遇无知腐鼠疑。
可笑饥鹰空吓忌，安能有凤与君随。

注：梁相指梁国宰相惠子。

# 蔡泽栖迟

皆知蔡泽栖迟丑，卜笑封侯跃马年。

能否逢时无定数，浮云何足问苍天。

注：蔡泽为燕国人，四处游说都不被重用。

# 参元失火

参元大富难为仕，只怕瓜田纳履疑。

还好家财遭失火，柳君无忌荐官时。

注：参元为唐代柳宗元朋友王参元。

# 苍鹰乳虎

苍鹰侧目街无鼠，大道不规人乱行。

治郡如同狼放牧，直教乳虎闭牙声。

# 沧浪濯缨

风萧泽畔渔夫唱，忽觉人间众醉生。

世俗尘埃如不濯，沧浪浊后岂清缨。

# 藏舟夜壑

纵是藏舟夜壑中，谁知偷者力无穷。
人心隐计周全妙，不及天行胜算功。

# 操舂举案

旧闻一臼操舂米，赢得情开嫁女心。
已是人妻甘淡饭，齐眉举案更难寻。

# 姹女数钱

莫笑河间姹女人，临朝筑屋数赃银。
而今老虎云端算，一夜连城可刮贫。

# 长康三绝

擅作丹青何谓绝？宛如顾画目迟成。
观人四体无关相，一点传神最要睛。

注：晋代顾恺字长康，擅长作画。

# 长门买赋

长门独自泪空流，曷故当初妒色谋。

失意人生无定数，千金买赋几时休？

# 苌弘化碧

苌弘遭谮刳肠死，埋血三年化碧成。

一任忠臣诚可贵，千秋陷者几除名？

注：苌弘是传说周灵王时的臣子，受人诬陷而死。

# 车轮四角

人之羁旅情无奈，背井离乡自古愁。

愿得车轮生四角，邀君一处锁清幽。

# 陈蕃悬榻

徐君礼让自恭贤，但避瓜疑不愿迁。

无奈陈蕃悬一榻，人间情义古难全。

注：徐君指后汉徐稚，字孺子。陈蕃为豫章太守。

# 陈平宰社

人心患寡无须畏，最是均分自古难。
若有陈平来宰社，砣绳一抹世间安。

注：陈平是西汉王朝的开国功臣。

# 成王剪桐

成王拾叶戏圭宣，以此封虞入晋迁。
世代官衔天子意，剪桐岂不到今传。

注：成王即周成王，虞即其弟叔虞。

# 持螯把酒

今朝又是菊花开，携友登高把酒杯。
要问持螯何以乐，江湖难测老生回。

# 赤米白盐

人皆一日三餐饱，赤米白盐何必馐。
纵有山珍加海味，谁能长命体无忧？

# 悬鱼太守

豪门若市时常有，媚世趋炎自古多。

难得悬鱼清太守，一生堂静乐呵呵！

注：太守指后汉羊续，为南阳太守。

# 楚弓人得

有客深忧失楚弓，引来孔语论非同。

萦怀谁拾何须拟，理意犹如塞马翁。

# 楚国纤腰

吴王好剑客多瘢，楚国欢腰女饿残。

自许天公情亿变，管他黎庶食难安。

# 窗中谈鸡

羁旅生涯岁月忙，未曾闻到古诗香。

休归始觉才堪用，静夜谈鸡韵味长。

# 床头周易

谓我闲人老爱书，床头周易不来虚。
乘时体爽平章阅，自觉精神一任舒。

# 椎飞博浪

图穷匕见心余悸，博浪椎飞又中车。
纵有千军秦俑列，惊随地下也难除。

# 春服舞雩

岁月匆匆鬓已衰，城中倦客故乡思。
心同曾点乎风浴，也享舞雩春服怡。

注：曾点是孔子学生。

# 莼羹鲈脍

谁无倦意走天涯，一觉身闲趁早辞。
岂为莼羹鲈脍味，人生贵在适情宜。

# 唇亡齿寒

事有相关果有因，人亲左右及亲身。

齿寒肯定唇亡后，怎忍虞公许灭邻。

注：虞公是春秋时代姬姓的公爵诸侯，是周朝皇室的后裔。

# 辞根秋蓬

何故昭公失柄空？居无定处感秋蓬？

只因执政辞根断，众叛亲离出此中。

注：昭公即鲁昭公，鲁国因斗鸡而发生内乱，鲁昭公先后逃亡到齐国、晋国。

# 肩墙睹奥

入室门低易探知，围墙数仞势难窥。

我诗不及齐肩壁，睹奥无藏众笑嗤。

# 大树将军

每逢诸将论功来，冯异谦和总避开。

漫说勋章千万个，谁知大树忆军才？

注：冯异为后汉光武帝时将军。

# 大笑绝缨

楚军战鼓向齐鸣，求赵黄金百驷行。
本应兴兵强国事，可堪一笑绝冠缨。

# 窥天戴盆

出道带经锄腐草，归途老马负初心。
虚名犹似戴盆盖，笑我窥天苦不禁。

# 丹霞烧佛

高悬利剑斩顽凶，且要常敲警世钟。
最恨贪官心未灭，丹霞烧佛法难容！

注：丹霞指唐代丹霞天然禅师。

# 箪瓢陋巷

市景嘈嘈几度休？蹉跎岁月自空流。
沧洲盼你归来乐，情愿箪瓢陋巷幽。

# 紞如五鼓

常怀清政邓攸卿，百姓留歌爱戴情。

今有亲民官府意，紞如五鼓几回鸣？

注：邓攸为晋代吴郡太守。

# 倒屐延宾

谁比蔡邕才学著？却能倒屐引王生。

人间接物千般状，最喜延宾雅量情。

注：蔡邕为东汉时期文学家、书法家。王生指王粲。

# 道韫诗丽

路边苦李无人摘，涧底甘泉有客临。

不是谢家飘雪拟，谁知道韫丽诗吟？

注：道韫即谢道韫，为晋代谢安侄女。

# 得鱼忘筌

人生过往常回首，不可得鱼犹忘筌。

此典文言千古意，至今未有境时迁。

## 揽辔澄清

阴阴败草腥风味，犹适苍蝇喜乱飞。
反腐澄清天下志，还须揽辔荡尘微。

## 雕肝琢肾

想要吟哦出韵新，何须切夜苦伤神。
诗成本自随情性，琢肾雕肝反失真。

## 堕水跕鸢

满目青山迷雾瘴，愁云不破暗尘生。
孤零远道无津靠，堕水跕鸢何足惊？

## 东阁延宾

周公吐哺求贤渴，犹恐月明星座稀。
有记延宾东阁事，如今不见相弘归。

注：相弘指汉武帝时丞相公孙弘，以自己的俸禄开东阁招揽人才。

# 东海孝妇

天公远隔人间事，鹿马何形乱眼昏。

问罪无辜东海旱，谁匡孝妇死伸冤？

# 东涂西抹

东涂西抹忆曾经，只叹微官未勒铭。

幸好青门瓜味美，归耕并有步闲庭。

# 董宣强项

千古寄情松雪直，犹同强项压难回。

黎元急盼清刚吏，老是声嘶唤不来。

注：董宣为后汉洛阳令。

# 斗酒彘肩

彘肩剑切鸿门宴，斗酒豪情似海深。

常在江湖风雨渡，还须要有一樊心。

注：樊即刘邦干将樊哙。

# 独孤侧帽

独孤侧帽倾城慕，学步邯郸笑杀痴。
若问两人何别样，西林壁上有题诗。

注：独孤指北周独孤信，风度高雅之人。

# 牍背千金

宦海风波何以静，千金牍背自清明。
孔兄能使鬼推磨，吏笔翻河一句成。

# 咄咄书空

云间日月无居定，悬景圆光万象移。
怪事千奇随运变，书空咄咄老天知。

# 堕泪羊公

人事沧桑时变化，春秋依旧感蹉跎。
羊公堕泪碑残在，试问人生有几何？

注：羊公指晋代羊祜。

# 良田二顷

官场势利眼偏颇，奉贵轻贫任你挪。

若有良田耕二顷，谁来受气转陀螺。

# 二疏辞汉

叔侄皆为太子师，功成反向汉庭辞。

人间莫过荣华恋，树败叶残知足迟。

注：二疏指汉代疏广和疏受两人，为叔侄关系。

# 翻云覆雨

天象炎凉随气变，翻云覆雨掌心生。

世情反复无常道，此事人间数不清。

# 范蠡扁舟

朝官百态烟波荡，独见扁舟少伯离。

识务高情真隐仕，归湖远日适从宜。

注：范蠡字少伯，春秋末年政治家军事家。

# 范叔绨袍

范叔遭疑忍痛声，绨袍一赠念交情。
人间若有相怜共，岂怕风吹激浪澎。

注：范叔即战国时的范雎，字叔。

# 方朔偷桃

当年武帝留夭采，王母娘娘笑里嗔。
方朔偷桃千古恨，如今遍地尽芳春。

注：方朔即西汉东方朔字曼倩，相传是被谪降下来的神仙。

# 芳兰当门

入世伴君忧履虎，当门最忌种芳兰。
一朝不慎轻言出，必祸加身恶草看。

# 分光邻女

因贫少烛借光求，赊得勤劳苦作酬。
但愿人间同日月，分明济困照千秋。

# 焚书坑儒

秦时灭学帝心虚，多少仇儒病未除。
自古骚人非项羽，何来乱世怪诗书。

# 丰城龙剑

相传牛斗有灵光，缘自丰城宝剑藏。
朝野才华多隐没，再无紫气染玄黄。

# 风声鹤唳

曾经老虎满山行，四野苍蝇百姓惊。
西苑龙泉今出鞘，每闻鹤唳怕来兵。

# 风树之叹

百善孰先唯一孝，天经地义感恩情。
平生莫过皋鱼叹，树静风停泪水横。

注：皋鱼，人名，皋曾哭曰，人生三失而叹。

# 冯谖弹铗

客旅他乡谋出路，风中雨里忆蹉跎。

老来依旧无鱼味，惆怅思冯弹铗歌。

注：冯谖（huān），战国时齐国人，孟尝君门下食客。

# 冯唐已老

人生若寄鬓成霜，一霎风灯过眼凉。

已老冯公归故里，余年还好有诗肠。

注：冯唐在汉朝身历三朝，到武帝时，举为贤良，但年事已高不能为官。

# 凤鸣朝阳

传说太平天有示，明君宛若凤鸣岐。

如今未见朝阳唱，恐问苍穹也不知。

# 凫短鹤长

松苗地种参差出，造化千姿百态殊。

恰似鹤凫难等胫，天生长短适身躯。

# 王质观棋

人生易老二毛衰，世事沧桑日月移。

梦里观棋残局下，归乡不见旧同时。

注：王质是传说晋时的人。

# 负荆请罪

共济同舟才泛远，登高就会阔心胸。

负荆请罪辕门叩，一化霜天露笑容。

# 负弩前驱

每逢莅视高官到，负弩前驱出郭迎。

从古至今何类似，基因一脉血缘生。

# 复陂谣

城中看海年年有，每遇灾情满目凋。

水利兴衰关国事，民间又唱复陂谣。

# 覆巢破卵

老虎苍蝇死一人，全家连累感悲呻。
覆巢破卵千年训，何故今朝步后尘。

# 甘棠遗爱

春雨随车解旱情，甘棠遗爱惠民生。
千秋仁政阴犹在，梦里今官也学行。

# 文通麦

读书莫学麦漂流，凡事分清缓急谋。
若似文通痴挟策，三餐何物甚堪愁。

注：文通即高凤，后汉南阳人，字文通。

# 高屋建瓴

东溟海浪千层滚，鬼魅从中暗教唆。
已是船坚添利炮，建瓴高屋泻成河。

# 藁砧刀头

山外藁砧何处寻，家中妻子苦忧心。

几时归燕经常见，夜盼刀头月下吟。

# 歌舜薰风

昔日薰风歌舜德，如今世道式微忧。

缘何不见清明月，满目苍天雾霭浮。

# 庚癸之呼

耕地横征相继旷，九衢三市景花姿。

天无丽日晴空久，庚癸之呼雨雪时。

注：庚，西方，主谷；癸，北方，主水。庚癸之呼指缺粮告急。

# 绠短汲深

混迹江湖几十年，风霜白发感茫然。

欲从万卷寻真谛，短绠汲深依旧悬。

# 公孙布被

民怨贪官醉梦生，奢靡无度恣横行。

而今八法从严治，更待公孙布被清。

注：公孙指汉武帝时丞相平津侯公孙弘。八法指八项规定。

# 公田种秫

青衫穿破心机息，更想鲈鱼脍味香。

也效耕田全种秫，吟诗作酒任疏狂。

# 沟中木断

当今盛世多才俊，闻道登庸论赏功。

但有风尘人事变，宛如木断弃沟中。

# 狗尾续貂

诗风典雅千年韵，字若珠玑落玉盘。

虽有操持微不足，岂堪狗尾续貂阑。

# 镜里孤鸾

那年节后雨纷纷，折柳江边泪别君。

镜里孤鸾空自对，终无一雁叫声闻。

# 挂冠归里

蜘蛛织网无声息，客看寒虫有感生。

何不挂冠归故里，扁舟一叶任君行。

# 观河面皱

羁旅官场风雨过，桑榆暮景夕阳归。

观河面皱虽嗟老，笑对人生谢幕帏。

# 管鲍之交

采葵不可伤根处，结友岂堪羞以贫。

管鲍深交何所恃？心灵相照是成因。

# 管窥蠡测

管窥无异井蛙天，蠡测岂知书海渊。
远古幽文充栋宇，非持一物识鸿篇。

# 广平风度

梅花霜雪见精神，松直犹如傲骨身。
面对人间云蔽日，广平风度岂成仁？

注：广平指唐代宋璟，为玄宗时名相，封广平郡公。

# 龟回印转

向日葵花一面开，龟衔印转几回来。
人间神物犹如此，岂有知恩不报哉？

# 海鸟悲钟鼓

各地招商争恐后，千般花样盛情开。
不知海鸟来何意，钟鼓嘈声转觉哀。

# 海上逢鸥

老是心思在海边，逢鸥入梦已多年。

机关流景伤春逝，何不扁舟抱月眠。

# 含沙射影

风尘苦旅老辛酸，暗箭难防感百端。

自古江湖潜鬼蜮，含沙射影使心寒。

# 韩凭恨魄

韩凭恨魄长眠处，化作鸳鸯树上栖。

恩爱夫妻连理愿，千年梁祝唱凄迷。

注：韩凭为战国宋康王舍人。

# 韩嫣金丸

莆阳大地居民富，比屋豪华宝马多。

若是韩嫣来打鸟，金丸只算小儿科。

注：韩嫣为汉武帝的宠幸佞臣。

# 汉上题襟

熏风暖绿春天树，一夜诗花遍地开。
汉上题襟吟不少，情真难极古人才。

# 汉阴抱瓮

汉阴老丈冰壶月，抱瓮浇畦绝使机。
一语羞红端木赐，今谁无愧着官衣？

注：端木赐即子贡。子贡姓端木，名赐。

# 翰林风月

千牛充栋成编简，多少诗文万古香。
纵览翰林风月色，书生才气自华芳。

# 濠上观鱼

濠上观鱼莫笑痴，春风不解雁南辞。
乡心盼望明朗月，睹物生情自个知。

# 和氏之璧

奚为玉石深山隐，使得高天识璧迟。

和氏非悲三刖足，有心却痛世人痴。

# 河山三箧

央苑诗花两季开，丛英荟萃秀吟才。

河东三箧随心诵，一举惊天问鼎来。

# 河梁携手

千年送别情难断，咏了长亭又短亭。

最是河梁携手处，肝肠十九忆曾经。

# 涸辙之鲋

困境人身何物切，饥寒最以食为天。

犹如涸辙鲋期水，岂引西江迟日延。

# 鹤语尧年

风寒万树带苍凉，浪里淘金苦逼商。
教授空怀经济策，尧年鹤语雪茫茫。

# 恒河沙数

得失枯荣天有定，如来说法佛经明。
生生世界轮回转，万万恒沙数不清。

# 鸿飞冥冥

开到楝花春事了，此时梅子正青酸。
心期已在南山下，学会鸿飞避弋安。

# 壶中境

壶中境界隔尘埃，不是凡人可进来。
有道神仙奔净月，嫦娥追悔感悲催。

# 虎闻讲法

听经猛虎堪摇尾，足见修行造物功。
出世凡间非圣哲，若无教化性灵空。

# 华亭鹤唳

秋风鹤唳生情忆，鲈鲙飘香醉里闻。
最是乡愁怀旧物，而今村改化烟云。

# 画饼充饥

解渴思梅稍有趣，充饥画饼更无聊。
黎元最恨沽名誉，府吏吹牛乐此逍。

# 画虎类狗

邯郸失步路难行，画虎堪摹类狗成。
乱取经书盲目学，屠龙高技只虚名。

# 槐树衰

槐衰已是无生意，柳老十围何以堪。
旅寄微员年耳顺，情归旧籍拜诗坛。

# 荒台麋鹿

感慨姑苏麋鹿地，更悲历代故宫空。
千朝霸业谁无阙，落叶先秋是木桐。

# 黄耳传书

远古传书嘱何物，锦鳞青鸟雁儿飞。
当今网络神通达，黄耳无须托信归。

# 黄河逢清日

自古黄河千里浊，何时梦到水澄波。
若能一世逢清日，敢叫春风凑凯歌。

# 黄鸡催晓

白日无情催易老，黄鸡唱晓使人愁。

今生霜鬓伤流景，惟有诗心可慰留。

# 黄金台

频出招延贤士策，无非礼遇厚尊之。

求才不问人心事，纵筑金台废有时。

# 黄雀衔环

羊羔跪乳尚知恩，黄雀衔环谢救援。

禽合人间真境界，自然万物有情源。

# 挥锄幼安

官门不让飞蝇进，更要挥锄学幼安。

以政清风明月照，前程岂有畏天寒。

注：幼安是汉末管宁，字幼安。

# 蟪蛄疑春秋

报道纷纭大小知，春秋只让蟪蛄疑。
人微不识高天事，何必狂猜说怪辞。

# 合浦还珠

八项规章揽簪尘，清风明月又逢春。
还珠合浦黎民乐，占梦官廉气正淳。

# 击壤尧年

阅尽机关人已老，何当好雨下沧洲。
催君击壤尧年继，一曲酺歌度晚秋。

# 鸡口牛后

众望云梯垂直上，谁知高处苦寒秋。
宁为鸡口官微小，岂戴乌纱牛后羞？

# 鸡犬飞升

梦里天宫景色明，何来犬吠又鸡鸣。
家禽啄舐仙丹药，也会飞升得道行。

# 积毁销骨

曾闻积毁能销骨，有道群谗更铄金。
自古人言犹可畏，谨防暗箭刺伤心。

# 嵇康羡王烈

求人问佛看机缘，恰似无心柳自然。
莫说嵇康难道骨，几多有恨不成仙。

注：嵇康，字叔夜，魏时隐居名士。王烈，字长休，传说中的神仙。

# 及瓜而代

花落花开几十秋，人生岁月逝川流。
瓜时而代归期到，慢步江山一望收。

# 汲黯卧理

沿街衮衮诸公过，不及长孺卧理明。

敢问苍天何所故，专权积垢未除清。

注：汲黯，字长孺，汉武帝时为东海太守，后召，拜为淮阳太守。

# 疾雷破柱

入袖清风度晚秋，何惊窗外冷飕飕。

纵然破柱天雷疾，依旧翻书自若悠。

# 集囊为帷

教化臣民自有方，集囊为帐挂宫堂。

如今不见以身作，岂就清风万里扬？

# 计然之策

满目萧条落叶声，沿街店铺苦撑营。

寒秋过后严冬雪，急盼计然良策明。

注：计然为越王勾践时人士。

# 季子高风

可贵人生诚信守，既言一出不移更。
高风季子交心月，挂剑坟松万古情。

注：季子为春秋吴国公子。

# 济河焚舟

渡河过后焚舟破，铁定心来绝路逃。
只有恒长从一计，前程万里任翔翱。

# 冀北群空

冀北群空伯乐收，民间骏马却闲游。
因由阡陌无人顾，依旧高才隐一丘。

# 家徒四壁

家徒四壁穷寒士，赢得千秋赋圣名。
未有文君私夜合，谁知潦倒一书生？

注：文君即卓文君，相如之妻。

# 剑首一映

一介书生学仕翁，王音未必诏扬雄。

犹吹剑首闻微映，何不闲庭练气功。

注：扬雄受人荐举，汉成帝召他待诏。

# 将军竞病

苍头白雪临西景，把酒凭栏玩月杯。

偶尔吟诗三两句，推敲竞病自豪来。

注：竞、病指分韵时只剩下这两个字。这里指诗情豪壮。

# 姜肱之睦

依稀梦里弟魂来，照旧音容笑眼开。

昔日如同姜共被，而今肠断泪悲摧。

注：姜为后汉姜肱，字伯淮，彭城广戚人。

# 郊寒岛瘦

青山草木本无心，付与情思却有音。

诗意人生随性韵，可堪郊岛苦穷吟。

注：郊岛分别指孟郊、贾岛。

# 狡兔三窟

荣枯过眼化云烟，何必求安吊胆悬。

兔窟三分无计事，人生祸福看天缘。

# 结袜王生

自古尊贤本性情，人间崇德更无争。

而今结袜不常有，犹盼王生重见行。

注：王生为汉代一位隐士，品德高尚之人。

# 婕妤当前

冯媛当熊元帝赞，班姬辞辇众人夸。

愿君左右忠妃在，不让伶优戏眼花。

注：冯媛即冯婕妤。

# 羯鼓唤花

玄宗羯鼓唤花情，得意催春杏柳萌。

好似灵妃能解语，魂归坡上始方惊。

# 借寇恂

为官一任存嘉绩，百姓怀恩自有情。
昔日寇恂千古颂，当今不见借留声。

注：寇恂为后汉颍川太守，政绩卓著，老百姓拦道借君留任。

# 堕楼人

污吏从中祸水流，情场同味自相投。
如今反腐惊天地，也有红颜学堕楼。

# 初平牧羊

九年面壁何曾久，四十余秋问月长。
要有恒心修一道，也能唤石变成羊。

注：初平姓皇，名初平，丹溪人。

# 金莲花炬

笔吏生涯几十年，人情草草似流烟。
金莲宝炬未曾见，只叹红尘无此缘。

# 锦缆龙舟

疑是天朝下地巡，香花饰面彩楼春。
虽无锦缆龙舟胜，也有同工复古新。

# 京洛风尘

历代都城堪筑梦，痴情客旅要津依。
不知京洛寒潮恶，多少风尘染素衣。

# 荆歌易水

荆歌唱罢悲风起，忽觉心潮易水寒。
少少多多亡国事，何人见得黍离叹？

# 惊弓之鸟

弱树寒风叶易落，虚弓伤鸟翅难飞。
心惶余悸刀身血，劫后无惊所剩几？

# 井底之蛙

井底鸣蛙堪笑鳖，矮人看戏只空闻。

不知地厚天高远，妄自独尊岂乱云。

# 九鼎铸神奸

民声载道叹江山，怎忍蛟虬乱世间。

卫士横刀顽疾斩，还须九鼎铸神奸。

# 旧雨今雨

知交故友堪回忆，何愿今时待以前。

总有人情新旧雨，管他淡薄白悠然。

# 橘内仙翁

庆幸初秋冠已挂，悠然自得卧南山。

闲来种橘精神爽，也效仙翁乐此间。

# 聚萤照书

忆昔童年勤夜读，寒窗常聚照书萤。

而今老了昏花眼，即举灯笼不识丁。

# 绝交书

山公有意荐人才，却被无情笑俗回。

骚客清高修道骨，何堪彼此绝书来。

注：山公即魏时山涛。

# 君平卖卜

君平卖卜谓何求，只为一瓢知足收。

看破红尘纷扰事，清怀淡泊乐悠悠。

注：君平即汉代严遵，字君平，蜀人。

# 钧天广乐

皆知简子病魂癫，却见钧天广乐弦。

自古人间中宇异，谁能好梦到终年？

注：简子即春秋时的赵简子。

# 开口笑

天有风霜雨雪忧，人生患难更无休。
随他失意何时了，笑口常开不用愁。

# 糠秕在前

有道登庸如簸动，在前糠秕满街吹。
不知翰院何缘故，千百年来一畚箕。

# 柯亭奇竹

柯亭旧事有人云，竹笛遗音不见闻。
都说群英皆绽放，为何花落乱纷纷？

# 刻画无盐

吟诗比拟见真情，岂可不伦胡乱生。
何必无盐来刻画，本来雪月就清明。

注：无盐指齐国钟离春，是无盐地方的女子，又称无盐女，也是丑女的代表。

# 刻舟求剑

境迁事后无常态，变幻风云更费猜。
若是刻舟求坠剑，人家只笑汝痴呆。

# 刻烛赋诗

昔人雅兴常相聚，刻烛吟诗一寸成。
笑我穷搜难入寐，文思不及古才情。

# 孔壁遗经

恭王尚敬壁藏书，孔宅遗经得以归。
但愿今官堪效此，文明古国自芳菲。

注：此绝为孤雁出群格。恭王即鲁恭王刘余。

# 孔鲤趋庭

严亲旧日无缘学，却对孩儿费苦心。
每次趋庭都必问，犹如孔鲤沐甘霖。

# 孔席无暖

奔马难栖安孔席，凉床无暖突无黔。

感兹圣哲怀天下，有恨疏慵日闭帘。

# 扣舷歌

梦见红尘转折空，前程也有困途穷。

人生乐在轻舟泛，节扣舷歌散淡中。

# 枯鱼过河泣

多少赃官入狱囚，潸然泪水向东流。

追初悔恨生贪事，告诫过河鱼泣休。

# 胯下之辱

当时胯下何由志，但有淮阴恶少欺。

好似功名堪忍辱，人间此事岂能为？

# 狂奴故态

自古登台附势援，朝家攀上更骄尊。
狂奴故态今难见，一有天书拜谢恩。

# 昆明劫灰

时迁事变经风雨，万木凋伤总是秋。
若到年华衰病老，形容可拟劫灰留。

# 鲲鹏变化

庄生从古说南池，谁见鲲鹏变化时。
要是无风凭借力，何由比雀远天垂？

# 蓝田种玉

雍君孝道守山耕，不忘行人解渴情。
正是高怀天造化，才由种玉暖春生。

注：雍君指《搜神记》中的杨公伯雍。

# 懒残分芋

久欲披怀拜法师，老来见佛问禅迟。
虽然有话分香芋，正果无缘境过时。

注：懒残为唐代和尚，即明瓒禅师。

# 烂蒸拗项

清风拂面酒家春，接物推诚味道真。
何必珍馐才待客，烂蒸拗项也香唇。

# 乐昌破镜

风花雪月山盟后，法院门前挤破天。
多少新欢还旧爱，情钟不及乐昌专。

注：乐昌为南朝徐德言之妻，陈后主之妹。

# 雷车

今秋老虎趋炎势，草木焦愁未见云。
天上如能怜苦处，雷车推出雨殷勤。

# 雷化龙梭

金子发光无择处，龙梭挂壁也飞天。

生来才士将堪用，何必愁眉看眼前。

# 离娄至明

当下珍珠鱼目混，狗皮膏药乃通行。

逍遥过市情无奈，盼有离娄再出生。

注：离娄典出《孟子·离娄上》，古之明目者，黄帝时人也。

# 骊歌促别

风尘望断唱骊歌，促别声声感慨多。

一树桑榆西日照，余霞无限又如何？

# 李贺锦囊

闭户经书思妙句，不如放野问春光。

诗行天下寻真意，拾遍山河入锦囊。

# 李斯忆黄犬

华亭叹后忆东门，并入朝中感事冤。

可笑红尘能看破，依然万马向前奔。

注：华亭为华亭鹤唳之典，东门为李斯忆黄犬之典。

# 醴为穆生

王朝换代策常更，极打长鞭瑟瑟声。

应效穆生辞以醴，见机远祸一身轻。

注：穆生，汉代鲁人，典出《汉书·楚元王刘交传》。

# 官滥羊头

阶层林立迷花眼，台上诸公衮衮流。

历尽千年何类似，仍然官滥摆羊头。

# 官蛙晋惠

古有官蛙拨口粮，又闻公费养猪娘。

江山易改人依旧，惠帝仁心万古长。

注：晋惠即晋惠帝。

# 立仗马

君观立仗齐喑马，就日一身三品刍。
难怪人人从顺上，原来不用乱鸣驹。

# 莲花似六郎

潘夏堪称双璧白，谁能幸胜六郎佻。
情间也有偏男色，实在无言对女妖。

注：潘夏指晋代潘岳与夏侯湛，两人姿容并美。六郎指唐代武则天当政时的张昌宗，因美貌受宠幸，人称六郎。

# 梁园赋雪

每逢盛事文人聚，载舞欢歌颂沐恩。
钝舌无才忧下雪，梁园请赋更难言。

# 两部鼓吹

退居溪畔听流韵，水练分明月到家。
并有鸣蛙吹鼓乐，催人自在度余华。

# 辽豕白头

汗马无声伏枥中，却闻白豕愧辽东。
公家做事须谦谨，何必矜夸妄请功。

# 林宗巾

戴帽谁无逢下雨，偏偏垫角是林宗。
此人若果平民客，巾折再多难效从。

注：林宗是后汉郭太，字林宗，人名高望。

# 临川羡鱼

常有新人图伟业，花招百出写天书。
空怀美梦无心到，恰似临川白羡鱼。

# 伶伦凤律

每逢盛世歌声舞，凤律伶伦笛管吹。
万壑松风流水合，晨鸡乱了报天时。

# 灵和蜀柳

传闻蜀柳垂条美，我见院前花絮开。

昔日风流柔媚笑，今朝飞舞也悠哉。

# 凌云健笔

陶令情衷篱菊下，相如健笔上凌云。

千秋才调天人意，肯付心思自赋分。

# 令公怒喜

胡须重得参军事，身短封为主薄官。

何必才华多出众，令公喜怒看心欢。

# 刘伶荷锸

宦海浮萍流水逝，浑然一夜锸随寒。

人生朝露寻常见，应效刘伶以达观。

注：刘伶是魏晋时名士，字伯伦，达观生死之人。

# 刘阮二郎

得道成仙千古调，诗书乐此不疲言。

桃源境界从来误，迷路刘郎有几番？

注：刘阮分别指汉明帝时的刘晨、阮肇二人。

# 流民郑侠图

欢歌媚世有人呼，谁绘流民郑侠图。

自古深宫垂幕月，兴衰只隔一层涂。

# 流霞酒

秋来催衬老梧桐，满目萧萧落叶风。

若果年华能久驻，流霞映月不停盅。

# 柳惠直道

由来直道黜连三，亦有康言七不堪。

可见官场难任性，高情柳惠算痴男。

注：柳惠即柳下惠。

# 六鹢退飞

九宇天寒气象威，经霜遇雨感身微。

苍茫云路沉浮事，时有风高鹢退飞。

# 六州铸错

瞻前虑后远长谋，不被一时昏过头。

世上千金无药悔，记怀铸错二三州。

# 龙虎榜

遍野诗林虎榜书，繁花雨打一堆墟。

不知李杜何曾奖，万古风骚只道渠。

# 鲁殿灵光

草木临寒常劫难，凋零总是陌先悲。

朝中若有灵光照，鲁殿岂然独不危。

# 鲁戈回日

人生花甲一轮回，浑堕虞渊晚景催。
倒日挥戈已无力，余晖但乞映书台。

# 鲁连解围

范蠡扁舟算隐生，鲁连蹈海代言争。
孰非孰是从中见，只叹江湖改姓名。

注：鲁连即齐国高士鲁仲连。

# 陆海潘江

八斗才高本喻殊，潘江陆海更惊呼。
古人学富堪宏量，自叹文华不足觚。

注：潘指潘岳，陆指陆机。

# 鹿门采药

鸿鹄林梢觅上枝，鼋鼍海底自幽期。
只求一世安栖处，采药鹿门云适宜。

# 路鬼揶揄

世上朝官衮衮流，轮回追逐比轩裘。
今虽白发青衫服，小鬼揶揄亦不羞。

# 蓼莪废讲

重泉先考犹容在，废讲蓼莪难断思。
每到家山蒿里祭，念恩已晚孝空为。

# 绿野堂

草木逢秋凋叶落，履霜戒冻早先知。
红尘路断浮名客，绿野堂开饮酒诗。

# 轮扁斫轮

古圣传经几许真，缘书体悟语难陈。
摇头晃脑千篇读，所学操刀愧斫轮。

# 洛阳纸贵

忧闻国学涂膏药，病象丛生只拜钱。

梦鸟不成难振翼，更无纸贵洛阳传。

# 麻姑搔背

谁无痛痒关肤切，最好寻医不信神。

若念麻姑搔背妙，招来鸡爪反伤身。

# 马不入厩

从来腐败赂当差，不可轻心掉以乖。

有马如羊金似粟，都难入厩又于怀。

# 马融绛帐

满地悄然私塾立，马融绛帐竞风流。

贫寒学子真无奈，唯有朱门敢应酬。

注：马融为后汉扶风人，字季长。

# 埋忧无地

看似山河云彩出，春光满意数风流。

九州乐土红尘滚，无地埋忧便是愁。

# 买臣负薪

草木枯荣自有天，买臣未发负薪肩。

何愁得失难安己，贫苦人生亦适然。

注：买臣为汉代人，即朱买臣，字翁子。

# 买山隐

宦海孤舟人易老，风严日烈六旬秋。

机关久已沧桑变，早去买山归隐休。

# 卖剑买牛

满街游侠经商事，遍野荒田草木生。

以食为天千古训，扶农卖剑适安耕。

# 卖卢龙塞

看似江平浪已渐，波涛未到起风时。
安宁不忘除奸细，卖尽卢龙悔恨迟。

注：卢龙为秦汉时长城的古塞名。

# 满城风雨

重阳本想登山赋，风雨满城心索然。
杖倚东篱边上坐，诗情待菊复开年。

# 满床堆笏

近代变迁村落荒，难能几十一门房。
只因限育生年后，不见从前笏满床。

# 矛头淅米

险语危言各说奇，盲人骑马夜临池。
风尘迷路寻常事，更有矛头淘米时。

# 眉间黄色

每逢盛会花帮衬，满目新妆喜聚来。

最是高台光彩照，天庭黄色两眉开。

# 梅妻鹤子

和靖先生骨已枯，梅花依旧一斜姝。

风流隐逸仙归后，鹤子情难认父躯。

注：和靖先生即宋代林逋的谥号。

# 门可罗雀

昨天若市客争过，今日开门雀可罗。

气象炎凉交变转，人生起落又如何？

# 扪虱雄谈

风尘路上身生虱，抱策雄谈痒自扪。

对此桓温称罕事，恐今笑你一猴狲。

注：桓温即东晋权臣。

# 蒙子公力

都城楼阁月朦胧，多少敲门拜子公。

还有飞书蒙鼎力，官名得以见朝中。

注：子公即汉成帝时陈汤，字子公。

# 孟嘉吹帽

青萍雨打江湖老，满鬓霜华对月杯。

一任秋风吹落帽，篱边赏菊独悠哉。

注：孟嘉为晋代人，曾任桓温帐下参军。

# 梦得傅说

自古日边容易得，八门何必五花繁。

遗贤在野知多少，几个商岩梦得恩？

注：商岩指商朝傅岩，即傅说。

# 梦游华胥

年来锣鼓喧天响，境界华胥信梦情。

老叟胸中无逐胜，只求安稳度余生。

# 祢衡刺

三人行必有吾师，圣语虔心讵可疑？
莫学祢生名刺灭，常怀谦逊走天涯。

注：祢生即祢衡，后汉人，字正平。

# 名覆金瓯

家家望子豫章材，解数千般筑梦魁。
一日金瓯名覆上，桃花十里笑颜开。

# 明珠换绿珠

敢问败家谁怕妻，红楼低唱浅斟迷。
拈花惹草珍珠使，换得绿珠人醉泥。

注：绿珠为晋代梁氏的女儿，名叫绿珠。石崇花了三斛珍珠买下做妾。

# 铜狄摩挲

一晃流年花甲老，登山远目尽沧桑。
摩挲铜狄追畴昔，纵是仙人也感伤。

# 磨穿铁砚

滴水成河流不尽，磨穿铁砚暖西窗。

殷勤苦读韦编绝，终会吟诗汲海江。

# 墨子悲丝

黑白相交容易染，红尘道上叹悲丝。

江湖好似一缸墨，会有丹心变色时。

注：墨子名翟，春秋时鲁国人。

# 木羊随葛由

汗马有功难上天，木羊随葛却成仙。

世间人事机缘巧， 到绥山得道先。

# 沐猴而冠

做事忠君惟本领，何须楚沐戴猴冠。

而今满院人衣彩，只算游街马戏团。

# 苜蓿盘

弹铗赐鱼滋味香，堆盘苜蓿令归乡。
朝官莫笑三餐事，食案虽微不可荒。

# 幕府红莲

机关久已参研入，不见红莲幕府开。
问起何由常寂寞，一池污水没人才。

# 南郭吹竽

平生学诵不堪听，众里吹竽混过庭。
怕是邀吾来独奏，犹如南郭露原形。

# 南柯一梦

多少功名一梦醒，浑然坐上水浮萍。
南槐蚁穴今犹在，枕着其中似有灵。

# 南面百城

风尘道上千军马，追逐封侯拥万闾。
南面百城惊梦后，方知贵在腹诗书。

# 南山雾豹

冬寒北域沙尘暴，一染青丝共白头。
应效南山韬雾豹，深居远避把文修。

# 南辕北辙

天台高凑东方曲，应是春风绿向南。
笑客玩游山水遍，不知适楚北辕探。

# 囊中羞涩

绮陌商楼顶上天，囊中羞涩叹无缘。
奈何老客愁情在，苦了青衫僻野迁。

# 尼父叹逝川

回眸莆邑廿余年，世事涛涛逐逝川。
岁月无情尼父叹，凡人更是感悲天。

# 鲇鱼上竹竿

基层小吏仕途难，软弱鲇鱼上竹竿。
多少苦辛终日老，桐风落叶怨天寒。

# 牛铎有宫商

蚁斗蜗争入典章，风摇牛铎谱宫商。
凡间万物有灵性，莫道草微无用场。

# 牛角挂书

远古晨耕经挂角，西窗映雪集囊萤。
而今学子春光好，更盼书声动夜星。

# 牛山下涕

牛山涕泪何愁苦，莫叹流年似水声。
世事沧桑唯有变，黄河才会现澄清。

# 牛渚高咏

吟诗上网新风尚，结社交朋识俊才。
遥想袁宏高咏夜，心期牛渚谢公来。

注：袁宏是晋代人，字彦伯。谢公即谢尚，镇守牛渚。

# 弄獐贻笑

初来乍到诗坛里，学浅才疏拜旧儒。
应记生男璋以庆，深忧獐误笑哥奴。

注：哥奴即唐朝李林甫，小字哥奴。

# 潘岳二毛

自古悲秋人易老，可堪潘岳二毛生。
已知耳顺衣冠挂，何必凭栏听雨声。

注：潘岳为晋代人，字安仁，曾任河阳县令。

# 烹小鲜

潮头已立卅秋年，百虎千蝇乱上天。
病树还须精妙斫，除贪治国似烹鲜。

# 披云睹青天

四海茫茫经济困，何时披雾睹青天。
挠头断发仍无绪，阔论玄师也乱弦。

# 平泉树石

底谷兰花无顾客，平泉草木尽春风。
人生处境天然别，绮邑穷乡景不同。

# 破贼折屐

世事沉浮千万变，听凭圆缺月从容。
围棋起落心宽举，折屐谢安情甚浓。

注：谢安为东晋人，字安石。

# 蒲鞭之政

严风问事如飘雪，多少履冰心颤寒。
自古昌明非猛政，蒲鞭仁法得天安。

# 妻嫂笑苏秦

惭当鼓手游秦说，狼狈还家妻嫂欺。
阔论人生花乱坠，不如实地效施为。

注：苏秦为战国时期政治家，字季子。

# 蒌斐暗成

悲兮蒌斐暗成章，只怨人间贝锦藏。
市井谗言如沸水，身心岂可烫无伤。

# 漆身吞炭

人间恩怨何时了，吞炭涂身只倍哀。
勇士心情虽可揖，互相仁爱最高才。

# 齐门挟瑟

君王性趣选花栽，已是天经千百回。
只笑门生徒挟瑟，不知齐国好竽才。

# 骑曹不记马

衙门出入多名士，岁月悠哉萧散慵。
如是骑曹羞问马，无心从事躲猫冬。

# 麒麟楦

周知表面工程恶，不见官方易革除。
也许麒麟披顺手，管他牵马换真驴。

# 杞人忧天

边关鬼魅纷纶顾，路上行人各说忧。
信有朝中高远见，杞天坠地只空愁。

# 器乏南金

西苑高楼月照台，华灯初上似蓬莱。
街来街往入朝客，原是南金器重才。

# 千斛米

满目黄尘昏蔽日，常闻高位孔兄横。
空囊不与丁仪米，想要佳声岂自成？

注：丁仪为魏时名臣。

# 千头木奴

快意人生二顷田，更思千树橘黄年。
归米岁计尢忧供，胜过浮名自在仙。

# 千万买邻

百金可买舒心宅，千万难期好卜邻。
何故三迁成典范，择居不止只教人。

# 褰帷广听

照样观花走马乡，车尘滚滚隔街望。
民声载道谁堪察，切盼褰帷听四方。

# 黔驴之技

雄心勃勃上高山，着手催春拔病菅。
使命声嘶全力拚，黔驴技尽虎讥讪。

# 墙面而立

生来不定真牛客，惟有才情化慧身。
若是无心求上进，宛如正面立墙人。

# 蕉鹿梦

真心寻梦无蕉鹿，听客虚眠却见之。
览物反常难自定，人生得失卜迷离。

# 秦皇鞭山

鞭山美梦向东倾，填海雄心更激情。
只恨沧波深水阔，回头才见底无坑。

# 秦镜照胆

鱼目混珠迷眼昏，阴奸暗鬼进朱轩。
愁无秦镜秉心照，满苑春声戏沐猿。

# 琴得焦桐

世间好马不常鸣，伯乐深居未见行。
流水知音有人识，却愁谁辨火桐声。

# 琴挑文君

相如琴韵逗妻君，桃叶淮河古渡闻。
昔日爱情多烂漫，而今婚嫁取钱文。

# 青女行秋

青霄玉女弄霜寒，独步天空降雪看。
不管苍生祈日出，凄凄草木冻身残。

# 青钱万选

又闻高校功名绶，花样千般改异弦。
桃李文华香饽饽，不如昔日选青钱。

# 青蝇白璧

从来白璧怕青蝇，一染休思洗净凝。
千古忠良谗佞后，无能雪耻玉壶冰。

# 卿言复佳

何故风尘听唯唯，犹如司马复佳声。
因由阴刻人常在，万事无关只笑迎。

注：司马指汉末司马徽。

# 清圣浊贤

唯有杜康真古语，愁肠酌我解悲辛。
凡间酒是情尤物，清圣浊贤皆可人。

# 清谈挥麈

红尘筑梦皆豪语，舞麈清谈羽乱飞。
又道玄言同旧体，风流百世共芳菲。

# 穷愁著书

书生穷困不为奇，只怕空愁志向移。
应效虞卿勤著述，春秋载册古今垂。

注：虞卿为战国时的赵国上卿。

# 琼玖酬篇

信有人间恩义重，酬桃报李贵真情。
何须耻愧无琼玖，好物不如心月明。

# 求田问舍

莫要清高远野人，无情白眼自天真。

不知那日尘间乱，问舍求田绝路津。

# 曲突徙薪

焦头夺席论功臣，不见先知谋突人。

报赏从来能救火，防虞却忘徙柴薪。

# 屈轶可指

逸世易藏柔佞媚，浑然浊水混鱼虾。

忧无屈轶宸阶草，可指奸臣戒入衙。

注：屈轶传说为一种草，又名指佞草。

# 蘧瑗知非

诚然圣手也知非，何况平生一仕微。

已是夕阳归轸客，追思昔日觉乖违。

注：蘧瑗为春秋时期卫国大夫，字伯玉。

# 荣公三乐

宦海浮生船到岸，归休野外景幽探。

无关世事游哉客，胜比荣公乐有三。

注：荣公指春秋时期荣启期。

# 阮籍青白眼

传闻吏有双颜目，各色当情各色眸。

有酒常逢青顾视，无茶即是白相投。

注：阮籍为魏时名士。

# 塞翁失马

有死无生从未见，轮回本是世间衡。

何须问道当今失，应效塞翁亡马情。

# 三刀入梦

家家望子三刀梦，个个书生驷马期。

富贵人间多少事，从来得失信由仪。

# 三间瓦屋

忆昔三间瓦屋寒，柴扉土壁陋难看。
吾家兄弟无嫌挤，一有风霜抱一团。

# 三纸无驴

文山秀丽书生苦，会海风流世事悠。
乐此无驴三纸券，优哉度日写春秋。

# 桑下三宿

万物有情皆有意，自然自恋旧曾谙。
人非草木无心动，桑下连宵不过三。

# 扫门求见

仕路茫茫何上进，多方使计渡烟津。
扫门求见难为事，自好归江独钓身。

# 扫雪烹茶

正值严冬水冻天，民工汗浃泪涓涓。
不知多少穷家苦，富贵烹茶扫雪便。

# 山鸡舞镜

照镜山鸡爱羽毛，多情自作舞风骚。
生来只是图丰采，早晚心机付枉劳。

# 山翁倒载

一世风尘无饮乐，不妨倒载效山翁。
何须顾忌浮名事，雨雪萧萧可作聋。

注：山翁为晋代山简，字季伦。

# 山阳邻笛

冬至寒风枯草黄，何人横笛似山阳。
悲情涌上难言尽，忆弟怀思泪水汪。

# 山中宰相

当下官员冠已挂，时髦再任杂牌军。

浑如宰相山中住，好辨风尘雾里云。

# 单父鸣琴

安邦何必事躬亲，应效鸣琴单父臣。

简政清权为上计，能人用好满庭春。

注：单父为春秋鲁国邑名。

# 商羊喜雨

近日乌云满岳飘，商羊好像舞摩霄。

愁天不识何缘故，大雨成灾觉事跷。

注：商羊是主水的神鸟。

# 尚方请剑

自古忠君献媚迎，今谁请剑尚方行。

朱云不见深宫里，一派和颜盛世声。

注：朱云为汉成帝时人，以敢于直谏闻名于世。

# 神州陆沉

读史才知北域疆，原来都是向东方。
神州故土悲沉陆，无限青山未忘乡。

# 生刍一束

我妹临终唤子孙，千叮还欠借钱恩。
如斯厚德如琼玉，一束生刍祭故魂。

# 师雄月下

古代师雄传说梦，风流酩酊见神仙。
而今也有痴情客，未入梅花月下眠。

注：师雄为传说隋代开皇间的赵师雄。

# 虱处裈中

蛙沉井底乐观天，虱处裈中自闭拴。
如此蜗居难见识，安能炫世管山川。

# 食蔗从梢

从小艰辛老大恬，犹如食蔗到头甜。
人生远道无开步，幸福自然难自添。

# 史鱼秉直

自古言君多苦逼，史鱼尸谏更悲催。
人间屡有忠臣死，难唤朝廷醒觉来。

注：史鱼为春秋时卫国大夫，名佗。

# 室无长物

昔日吾家寒陋住，更无长物可阑删。
而今小富新房盖，室内翻成杂货间。

# 守株待兔

原笑守株犹待兔，始知缘木更痴鱼。
风尘道上难为客，世事无奇不巧书。

# 菽水承欢

知恩养育双亲老，应学羊儿跪乳行。
敬奉并非丰厚意，承欢菽水也关情。

# 蜀帝悲

历代君王多少事，惟闻蜀帝化鹃悲。
江山屡现中原逐，谁解林间泣子规。

# 束缊乞火

人身造化舌头儿，朽木逢春靠措辞。
束缊如无求火妇，冤情一世也难知。

# 竖子成名

风尘总是迷花眼，竖子成名不足奇。
莫叹英雄无用地，轮回循道有天期。

# 舜舞干羽

和风细雨润禾苗，才有丰浆向酒瓢。
恰似朱干随舜舞，民心乃服入天朝。

注：朱干，红色的盾。

# 死灰不燃

朝廷惩虎严风冽，已是悬崖无路回。
见势如能攀越过，腐余死火不燃灰。

# 四知金

乱世求人常贿赠，花言巧语醉迷辞。
岂无鬼晓私情事，敬畏天神你我知。

# 送君南浦

南浦送君成典范，长亭折柳习风仪。
古人离别深情厚，今日有谁如此为？

# 苏仙橘井

救死扶伤天道济，神医妙治古来求。

而今一病全家苦，真想苏仙橘井留。

注：苏仙即苏仙公，名耽，汉文帝时得道成仙。

# 随珠弹雀

草船借箭算高明，弹雀随珠不可营。

凡事区分轻重别，堪能方寸把输赢。

# 孙康勤苦

丁酉冬春六角花，吾乡素裹雪飘家。

孙生若在西窗处，定借银光咏月华。

注：孙康为南朝人，家贫借雪夜读。

# 孙寿愁眉

平家妇女嫌身丑，也学愁眉软扮娥。

堕马斜云簪不住，垂头扫脸反成婆。

注：孙寿为东汉末年大将军梁冀的妻子。

# 獭祭鱼

吟诗作赋犹流水，岂可堆辞獭祭鱼。
杂锦斑斑虽艳丽，不如一点染红蕖。

# 太乙燃藜

西窗夜读到黎明，不见燃藜太乙精。
羡慕刘君天帝顾，只愁我辈卒无名。

注：太乙为天上之精，刘君为汉成帝时的刘向。

# 螳臂当车

潮平两岸好行舟，应对青溟阻独流。
若是当车螳臂使，必然碎骨粉难收。

# 陶公运甓

莫效陶公真运甓，功成自有命中生。
许多励志难酬报，走遍天涯道不平。

注：陶公为晋代陶侃。

# 陶令三径

故园也效开三径，种些松筠适趣其。
不管风吹凌雪下，西窗夜读自安怡。

# 陶琴

轻松可乐常哼曲，何必劳弦弹奏声。
应效陶琴横一设，朋来有酒错交觥。

# 天上玉楼

宗颐百岁一生儒，博学方家四海湖。
世上通天能有几？人间遗事玉楼呼。

注：宗颐即饶宗颐，号选堂，广东潮安人，丁酉腊月去世，享年一百零一岁。

# 铁门限

人生老死天然作，何必铁门来限牢。
通达胸襟无憋气，一身寿骨自年高。

# 同舟敌国

神州筑梦江山固，立德关乎更久长。
四海狂风欣险浪，同舟敌国必然亡。

# 铜驼荆棘

敢问初心几度真，茫茫烟雨失迷津。
江河已是沧波起，恐复铜驼棘没身。

# 菟裘归计

日暮桑榆近晚年，菟裘归计老犹然。
谁无叶落寻根觅，旧地情缘梦里牵。

注：菟裘，古邑名。

# 屠龙破产

神州万校裁云巧，解尽千金独技供。
妙手成春堪用世，原来无处可屠龙。

# 脱屣

人生在世常迷眼，敢破浮云看月明。
何谓功名身富贵，轻同脱屣易而行。

# 王谢乌衣

江山只顾朝廷事，哪管乌衣王谢家。
其实兴衰都一样，燕飞依旧识天涯。

# 王尊叱驭

宦海茫茫有暗礁，风云处处险岩峣。
前途九折逢危路，谁效王尊叱驭轺？

# 网开一面

严严四面皆罗网，必是青山鸟兽空。
惟有施仁罘罳解，人间万物自兴隆。

# 望夫石

自古为妻同室梦，岂堪两地各床空。

望夫化石青山里，不及捣衣明月中。

# 望门投止

风尘羁旅飘零久，投止异乡孤寄身。

更叹无家张俭客，人间此事感艰辛。

注：张俭为后汉人，字元节。

# 尾生抱柱

韦郎旧约不来人，谁料尾生痴献身。

男女有情堪抱柱，朝云暮雨自怀春。

注：韦郎即唐代韦皋。

# 卫鹤轩冕

滥竽充数无声合，好鹤乘轩有位行。

笑看人间何谬闹，虚而受禄遂功名。

## 闻韶忘味

抚琴一曲山风绕，万竹低腰绿海潮。
如此惊人音悦耳，不知肉味似闻韶。

## 瓮间毕卓

人生得意流霞醉，也有杜康能解愁。
酒鬼使君情百态，瓮边毕卓乐于偷。

注：毕卓为晋代吏部郎，字茂世。

## 蜗牛庐

豪门空荡聚蚊虫，矮屋蜗居入背弓。
贫富悬殊天地别，何时九有住家同。

## 我醉欲眠

交杯俗礼不拘随，我醉欲眠君自离。
有酒真情陶县令，人生至乐莫迟疑。

# 卧榻人争睡

远古专权帝业成，威严八面任纵横。

他心若有机关鬼，卧榻旁边岂睡争？

# 乌白马角

各种桃梅各自开，农家贵族不同台。

红尘道上贫堪仕，马角无期乌白催。

# 吴带曹衣

吴带当风飘逸动，曹衣出水贴身穿。

前人画像堪神妙，后辈无颜羞见贤。

注：吴指唐代画家吴道子；曹指北齐画家曹仲达。

# 吴门白马

人老眼花衰目微，阊门白马见依稀。

飞尘滚滚犹难望，迷局形同着彩衣。

# 吴牛喘月

弱不禁风一病残，琉璃光透觉身寒。
如同喘月吴牛怯，也似伤弓雁鸟看。

# 吴下阿蒙

虽读诗文无数册，还如吴下昔阿蒙。
平生再是昏头混，有日登堂岂顺通？

# 五凤楼

昔日三苏逝水流，至今未见类诗留。
基因也许文化绝，只许他修五凤楼。

# 五袴歌

描绘新村年月久，民间五袴未曾歌。
廉公政治名天下，学样无须会海多。

注：廉公指后汉廉范，字叔度。

# 伍员江潮

伍员过后连文种，海浪江潮作愤喧。

皆是良臣何赐死，朝廷岂许奏狂言。

注：伍员即伍子胥，春秋楚国人；文种为春秋末期楚之郢人。

# 羲和驭日

朝阳初上莽光辉，入暮羲车驭日归。

早晚如能同异彩，人间无限赏芳菲。

# 夏虫疑冰

井蛙不见沧溟阔，虫活夏天难识冰。

世上真形无定数，亲临才有发言称。

# 献凤楚门

昔古朝官要示忠，千般解数万花筒。

从前楚客山鸡献，他日仍然说凤同。

# 向平婚嫁

等到儿婚女嫁人，离家了却累凡尘。

周游自得余生乐，应效向平终一身。

注：向平为汉时向长，字子平。

# 相马九方皋

相马何须颜色似，求才不必辨雌雄。

官场赏骏千千律，难及九方真识功。

注：九方即九方皋，伯乐言中的人名。

# 小时了了

从前虎馆少年班，个个小时聪了蛮。

长大不知谁建树，人经岁久老成顽。

# 写遍芭蕉

昔岁临池无尽墨，从今学种写芭蕉。

何忧到老闲消日，练就草书归自聊。

# 谢安吟

新诗是以北京音，越客书生拥鼻吟。

但笑人间腔异调，虽言梦境孰容心？

# 谢庭兰玉

芝兰总爱种阶庭，自个门前玉树馨。

好似儿孙珠在掌，随身近眼灿如星。

# 心悬魏阙

传闻复拜高天职，似有中山望阙心。

何必情存权力欲，朝声未见好行吟。

注：战国时魏国的公子牟，封于中山。

# 雄鸡惮牺

凡间奉庙死雄鸡，多少惮牺飞泪啼。

有此生灵修佛供，甘心断尾戒人提。

# 熊胆课儿

千古萱堂贤教子，养儿更盼课儿乖。
寒窗苦读尝熊胆，回味才知母爱怀。

# 熊鱼岂得兼

取义舍生须择一，熊鱼自古两难兼。
人情世故非全理，唯有宽心唯是瞻。

# 绣文倚市

纵目营营绮陌街，偏偏末业最堪佳。
书生不信诗能富，倚市绣文情可差。

# 悬车告老

六旬已满及瓜时，半禄无车告老辞。
三十多年成倦客，回头一望叹栖迟。

# 荀生得御

背有依阳好照身，山无傍水不为春。

甘当俯首陪官客，也慕登龙得御荀。

注：荀指荀生，即荀爽。

# 雅歌投壶

吟诗会友常倾酒，更是投壶雅兴歌。

难得人生知己老，清樽一醉又如何？

# 燕然勒铭

淬励将军一大班，不知谁在顾燕山。

封勋应效铭功勒，才会千秋溢世寰。

# 燕昭市骏

都说人才杰出难，声声求渴盼芝兰。

若能市骏千金买，个个奇贤岂一般？

# 颜公乞米书

颜公入木三分字，终帖家贫乞米书。

谁信才情能做饭，堪怜学富五余车。

注：颜公指唐代颜真卿书法家。

# 雁默先烹

嫌贫劫富人间有，怕硬不成欺软成。

还是中庸行万里，无声落雁总先烹。

# 殃及池鱼

城楼失火池鱼死，燕雀堂巢岂蔽身。

万物生来皆有系，一朝祸及化灰尘。

# 扬雄投阁

秦时政事汉时文，皆畏书生乱赋云。

自古无辜悲学者，扬雄投阁至今闻。

注：扬雄为汉时人，字子云。

# 阳侯卷波

正值新春犬吠年，惊闻南海卷波烟。

潮平本可安心渡，谁使阳侯浪拍天？

# 杨朱泣岐

风尘乱眼常迷道，更有杨朱泣路岐。

出仕前途嗟叹息，依然万马客程驰。

注：杨朱为战国时人。

# 野鹜家鸡

年来闻道某书协，子弟挥毫不一般。

野鹜飞天遮日照，家鸡染墨有谁看？

# 一傅众咻

如今教育已伤筋，一傅楚咻难作耘。

立志成龙谁可学，犹忧误入染缸熏。

# 一苇可航

固守天山三箭取，何劳一苇海波航。
如今军事非人力，坐看边关可目防。

# 遗子一经

家财万贯何为贵，败道儿孙只顾侵。
传业不如留种德，一经遗子胜黄金。

# 蝇求附骥

青衫不怕上天难，应效苍蝇附骥鞍。
只要追随名望客，香熏朽木胜芝兰。

# 郢书燕说

夜半窗前阅古书，眼神欲合字浮虚。
不知就里查经典，举烛也难疑惑除。

# 有脚阳春

阳春有脚百花开，万物熏风自做媒。
相道如能皆宋璟，民间何虑不安哉？

注：宋璟为唐代宰相。

# 有蟹无监

都说江湖螃蟹香，珍滋就怕有监尝。
人生往往难双意，哪里为官如此当。

# 幼舆丘壑

丘壑低昂在我心，功名富贵与他襟。
人生自有情怀异，流水高山共此吟。

注：幼舆为晋明帝时的谢鲲，字幼舆。

# 鹬蚌相争

堪怜鹬蚌苦相争，互扼深虞系死生。
造化欺侵皆有具，从来矛盾永随行。

# 鹓班鹭序

朝官会议排行次，就像鹓班鹭序联。
自古以来无断续，跟尘滚滚入云烟。

# 袁安卧雪

袁安贫士有天知，大雪临门举荐时。
岂止先生孤困塞，民间冻卧死无为。

注：袁安为后汉人。

# 月旦评

纵有吟诗结社多，人才济济但须磨。
时评不见雌雄决，借得筛箕月旦罗。

# 臧穀亡羊

古人臧穀亡羊语，又是补牢宽慰心。
别看闲词无所读，凡尘道上最金音。

注：臧、穀为两个人的名字。

# 凿开浑沌

时人最喜催开发，不顾青山绿水间。
看似繁荣何等美，谁知浑沌去难还。

# 张融岸舟

当代阿谁靠岸舟，张融也许住高楼。
今非昔比成追忆，何必有房强说愁。

注：张融为南朝齐人，字思光。

# 支祁神锁

是谁拉出支祁锁，恶浪倾城处处汪。
造化小儿天地控，心存敬畏莫蛮强。

# 炙手可热

周知独坐揽全权，终败群驱落没鸢。
炙手炎来须减热，适中而止可安眠。

# 治境无虎

传闻治境清风月，更道江山虎渡河。
还望前行除小鬼，驱蝇也附大虫跎。

# 掷地金声

初心誓语皆豪迈，掷地金声敢作篇。
梦境华胥描绘就，高歌还望负行肩。

# 终南捷径

官阶大小何时了，未必青云乐在天。
应笑终南寻捷径，无忧自适睡安眠。

# 周郎顾曲

风流不识琴声调，哪有知音顾曲郎。
难得红尘情意在，也来一误动芳香。

注：周郎为三国吴周瑜。

# 周王避债台

时下民间借贷狂，又逢困局雪加霜。
朝人也有参渔利，更筑高台避债藏。

# 珠履三千客

豪门珠履三千有，陋屋空堂一客无。
何故贫家观顾少，人心爱富未曾枯。

# 烛龙衔光

今春会后逢元夕，别有心情见月圆。
又是连灯龙烛照，从宵四海更光天。

# 水龙吟·重读二十四孝

江山易改春秋色，廿四孝行依旧。感天动地，闻雷泣墓，从佣供母。唯是椿萱，舍生取义，篇篇感读。再伏案沉思，心潮难静，先贤事，君知否？　　自古奉亲堪守，到如今、难分良莠。当年鲁迅，也曾呼吁，寄言甚透。一有东风，彩衣重现，暖衾时候。念诗情盛意，平章摘句，满怀斟酒。

九

自述聊慰·平生幸是江南客

　　诗人自述从古有之，如杜甫在诗中自述"七龄思即壮，开口咏凤凰"，"忆年十五心尚孩，健如黄犊走复来"，使后人了解到杜甫早年的一些情况。再如郁达夫的《自述诗十八首》，对自己的平生作了回顾，这些都成了宝贵资料。

　　诗写人生路，一程又一程；诗咏生活歌，一曲又一曲。随着年岁的增长，我对个人的家境、学业、经历、志向、情感等有更深的体会，沉淀在诗中，让那些往事慢慢地老去，老在诗里，片语自慰。

　　看到我诗的读者，在这里表达我的谢意，并真诚地告诉您——平生幸是江南客。

# 追忆养牛二首

## （一）喂牛

少小也知严父累，帮亲养畜在蓬枢。
犹怀遗石门前坐，静看耕牛倒嚼刍。

## （二）牧牛

经常放学帮家事，总是牵牛绕绿田。
一进禾苗松不得，全神注眼牧郊阡。

# 书童入泮

始龀初年催入泮，芹宫化雨正苗青。
身穿粗褐亲娘制，眼见贫家苦日经。
多少群童难进校，更无百姓学趋庭。
犹怀旧屋寒窗月，夜下观书照雪萤。

# 豆蔻寒窗

时逢文革就初中，批孔批林正热风。
那有心思书入室，只容手报笔侵宫。
江山不管光阴逝，岁月焉知学业空。
幸得良师堪守职，分明一点照朦胧。

# 青襟乱学

工农欲育子衿优，造就红专主课修。
校进车间当鼓手，生回田地滚泥鳅。
安能鸿鹄凌云志，缘未鸡窗映雪楼。
鬼混青春欺一世，老来问字口含羞。

# 一双鞋记

往昔乡村多苦境，寻常裸脚陌阡横。
苍天只顾王孙足，老父犹关子女情。
看我履霜伤趾痛，买鞋掂量尽财倾。
思恩感物亲心爱，岂畏风寒路远程。

# 上山砍柴

每逢暑假满山青，早起砍柴迎落星。
路绕峰峦崖石险，时闻涧谷野牲腥。
弯腰打草身伤痛，拄杖横肩日已冥。
唯有樵夫真感受，少年苦累更镌铭。

# 远扛杉木

往常杉树关房盖，农户艰辛一辈添。
文革末期风乱雨，山区稍许塞开帘。
长途跋涉晨曦出，单木扛回血汗沾。
缺口少钱愁积累，来年反复顾穷檐。

# 割稻追忆

人工割稻农家活，少小须帮父母田。
起早开镰迎日出，忘劳脱谷达宵连。
扬场检晒黄金色，入库封存明月圆。
志学才知耕作要，世间万事食为天。

# 苦种甘蔗

昔日农民种蔗忙，劳心劳力累难当。
从头至尾春冬远，戴月披星汗水长。
剥叶交叉伤脸面，锄沟去往对锋铓。
含辛耕作缘何故，期待甘来比蜜糖。

# 谋当学徒

高中毕业习耕田，未有考升追墨缘。
恰遇家私涂漆在，欣忻师傅纳徒传。
一门手艺堪谋食，平日功夫看赚钱。
串户走村酬岁月，从人学问兴油然。

# 古洋水库劳作追怀

青山绿水白云天，遥忆当年枕坝眠。
逐段承包涵洞险，轮锤打眼石岩坚。
听凭涧谷风波浪，告别平川旱涝田。
已似桃花源里作，情同陶令好知还。

# 折桂追忆

突如一夜天时雨，洒遍山川枯木春。
喜拾残书温至化，欣闻历届视同仁。
老生故友丹枝梦，十载寒窗彩笔真。
得桂花香存感慰，翻身不忘邓公神。

## 走进师范

桂花已是黄金色，校苑披霞彩满天。
手取丹书来拜孔，胸怀绛帐始开篇。
熏风草上双春发，化雨池边万卷研。
入后随蓝师范与，平生授业梦魂圆。

## 执鞭耕怀

舌耕六载未长吟，桃李及门还称心。
备课西窗含月色，教书故里识乡音。
风霜做伴儒衣旧，学海同舟鸿鹄深。
继入东堂谋上进，翻山越谷见高岑。

## 重进翰苑

中天照亮传衣客，翰苑门墙隐可窥。
步入官坛专马列，风流岁月识旌旗。
生情洁性松筠锁，礼毕高怀雨露滋。
别样催花开别致，从兹得道自从随。

# 拜入镇府

杏坛花落从云路，循入乡村更护根。
群策扶贫酬世事，同舟隔岸问津门。
犹难服众生身限，愁对抛荒日计飧。
已是空基存隐患，谁来真解此麻烦。

# 如履吏部

四载基层听说秦，一朝喜雨洗风尘。
初来市里金秋爽，渐入官途笔吏辛。
整日吹笙当伯马，有时抬轿见天神。
为人作嫁衣裁好，唯独难量自我身。

# 勤作嫁衣二首

## （一）

公员政绩如何考，万样千姿吏部司。
别具谈天窥笔力，谁知说地巧机思。
日边眼到春风得，野外身行长路迟。
犹忆朱书无计数，空劳过后只嗟悲。

## （二）

任期代表何从选，组织公员定额推。
说梦坠花成锦簇，寻驴相马按图施。
名扬满苑终无顾，笔落谁家早已知。
虽在走场陪醉客，人生有幸识天奇。

# 如当御史

岁历峥嵘又一新，如迁御史见真纯。
操刀制锦张君顾，斩棘披荆仕路辛。
此处修心堪守节，清风与我可安身。
恩怀往事冰壶月，自得平生幸运人。

# 专司作风

拜职专司草木春，清时更要作风纯。
从容主责分明月，反复参谋涤暗尘。
污水寻常昏夜雨，青山早晚遍枯薪。
深忧履道如冰窖，不可轻心自陷身。

# 灭苍蝇

腐败一词从古延，曾闻御史已笞鞭。

皆知旧病难除治，有得偏钱入睡眠。
恶浪翻舟经历代，萧条倦政失朝权。
时当卫士冲锋勇，丑怪狂妖鬼叫天。

## 参谋派驻

手短难伸除尾垢，当年策马驻机关。
经纶满腹文书拟，节钺全权职事颁。
化雨和风吹竹韵，同心亮剑恶枝删。
群培绿树迎朝凤，遍地清明共月山。

## 拜职县区

一纸公文指向明，沙场换位布严兵。
新区近海风潮急，远邑通商事业荣。
腐鼠频频何止发，腥鱼屡屡乃滋生。
当担重任针锋对，驱散乌云见雨晴。

## 化解民访

板桥绝句今犹记，也有常听疾苦声。
届内分司群访户，民间致信众投京。

春风化雨烟云散，草木依山苍翠生。
小吏虽无擎架力，些微解慰亦关情。

## 分司效能

慵慵倦政东风懒，不事安民怎奈何。
日照黑云难透亮，霜飞青草冻成皤。
迎头除患无方药，入手效能群戏傩。
奇策偏施些小改，苍生依旧怨声多。

## 退二线依韵杜甫登高

桑海重阳雾气开，兰溪水岸塞鸿来。
九壶两岳横相对，一脉同川直比嵬。
百任羁身今走马，千华落木昨更台。
无情岁月霜秋至，阮杖登高向夕媒。

## 无题

年来届出清闲日，唯有风光与我知。
野草萋萋延隙地，林花朵朵挂高枝。
平生幸是江南客，霜雪不关耆老眉。
春色满园依旧在，无人管领自安祺。

# 怀归

涧水悠悠绕绿田，又闻溪石塞流咽。

声声犹忆鲈鱼味，早把归思寄杜鹃。

# 步韵鲁迅自嘲

仕事功名不勉求，老生风味白回头。

从来富贵心花笑，谁见王孙泪水流。

应向南山收土豆，早归故里饭耕牛。

只将目羡冥鸿去，看破红尘度晚秋。

# 老来始学诗

已近解冠缨，生涯未出名。

当思高适志，应效老泉行。

诗好无年限，功深有梦成。

今吾虽鬓白，始发亦能赢。

# 兰陵王·退休吟

素秋里，残叶萧风落地。官场上，他去你来，滚滚红尘送行递。

今回首往事，知退，城中倦仕。人生路，萦曲绕回，曾也庚肠亦曾醉。　　时间任由你，找来旧书翻，灯照黄纸。桑榆非晚闲情致。趁慧耳明眼，诗肠难断，归休吟韵避俗累，愿心净情寄。　　天赐，故园美。任观景怀思，重近山水。时常也学渊明辈，种菊柴篱内，蝶蜂沾蕊。霜花头盖，岁月老，任比拟。

注：庚肠指忧心家国情怀。

## 归燕

海棠开尽春迟晚，老燕归梁杏木薰。
莫是身轻主人惜，平生休想垒巢芬。

## 斜阳

日落山腰犹出彩，平湖紫气共霞升。
分明老树栖凰凤，恰似桑榆一盏灯。

## 江月

斜阳溪畔向江村，犹忆沙洲水月魂。
心事随云长雁字，晴丝牵绪近黄昏。

# 归田园六首

年近花甲，常回故里，参与劳作，遂心吟之。

## （一）

久在机关里，难能返故园。

平时锄野草，假日赶耕屯。

植物多还密，山猪也闹繁。

宽心勤奋作，自有米香喷。

## （二）

日久耕犁废，农民不在锄。

山鸡喧蔓草，野畜闯荒墟。

八队分田赁，三家划片除。

芜园忙复种，归返意何如？

## （三）

黄犬归来养，殷勤本性高。

亲朋近欢吻，陌路远喧嗷。

跟主关情在，由人逗乐陶。

为何堪得宠，用意使心豪。

## （四）

大豆收成后，轮耕夏薯田。

花藤爬垅满，土果隐身鲜。

乐意贫民饭，羞情富贵筵。

农知营养好，岂贬是非然。

## （五）

菜籽成畦种，田肥嫩叶茎。

莘莘新别样，片片显超生。

此物穿肠过，常年入骨铮。

餐餐皆绿色，日日度清明。

## （六）

姜根隐地生，习性要勤耕。

拾味含香备，除腥去恶成。

仲尼终嗜好，论语阐高明。

百辣云神秘，悠然幸福盈。

# 花甲感怀

花甲一轮时转目，人生如梦在当前。

衣冠已挂秋桐落，姓氏无求衙府传。

幸好慈亲呼小字，重还故我忘华颠。

何须赖仗扶身骨，留住白头观尖迁。

# 获纳会员有题

金风折桂正佳时，北苑诗坛关照垂。

尽兴敲门桃李下，有朝结果谢高师。

# 退休后

茶凉犹在休归后，但见柴门旧雨来。

多少开怀难预料，呼儿献酒自亲陪。

# 言之用情，言之有物

## ——评郑金辉旧体诗词集《菊解闲人意》

李朝全

　　郑金辉无疑是陶渊明的热爱者和崇慕者，他将自己近十年来学习创作的 1000 余首诗词精选合集命名为《菊解闲人意》，很明显地体现了自己的这种向往与心境。陶渊明在《饮酒（其五）》中写道："结庐在人境，而无车马喧。问君何能尔？心远地自偏。采菊东篱下，悠然见南山。山气日夕佳，飞鸟相与还。此中有真意，欲辨已忘言。"年届花甲、如今已退休赋闲的郑金辉似乎与一两千年前的大诗人引发了情感的共振，也愿以菊花作喻，期冀在诗词的山水田园之间寻辨真意，觅得言辞。

　　郑金辉在诗词集的《后记》中写道：心若在，梦就在。　——这句引自流行歌词的话很好地传达了其创作诗词的初衷和用意。中国历来就有歌咏言、诗言志的传统，也有以史入诗、以人事入诗的传统，郑金辉显然领悟到了这样的文学文化传统，孜孜耕耘于诗词之天地，寄寓自己从六十年人生中历练而成的情思与"真意"。他自言："诗如婴儿，一生下来就有自己的胎记，这胎记就是诗人的阅历和心历。"郑金辉出身农家，种过田，上过师范院校，执过教鞭，在基层供过职，后来又走进机关，从事公务员工作，

职位到了县处级，而后全身而退，成为"闲人"——悠闲之人……这些丰富的生活经历都淬炼成了他宝贵的诗歌素材，他认为写这些自己最熟悉的题材比较容易上手，因此一直致力钻研于此。

郑金辉的诗是有想法的诗，他有自己的"诗学"审美观和诗思。我在与他交流时，他说自己在创作诗词时更强调立意之美，诗词除了有语言文字之美外，其实更应追求立意之美。我深以为然。诗贵言之用情言之有物，我们今天探讨诗词，首先要辨别的是何为诗？诗为何？——诗歌究竟是什么？什么才是诗歌？真正的诗歌不仅要有音乐美、建筑美、绘画美——亦即闻一多先生所谓之"三美"，更要有思想之美，意境之美，意味之美，立意之美，要有立意的高度和境界的高度，要融会灌注诗人自身的思想情感、体悟感受和求索思考。

何为诗？诗贵在求真求善求美；诗贵在有真情真意，有真人真事真心；也贵在追求善，崇善向善，行善为善；也追求美，立意之美，语言音律之美，形式之美，建筑、绘画、音乐之美，是乃谓之为诗。而当下诸多所谓的诗歌，越来越离诗歌而远去，离读者而远去。这些诗歌之所以离读者远去的原因就在于它们已经背弃了诗的本义，远离了诗的正道。

诗歌要以"真"——真情真意作为追求的目标，以"美"作为容颜。近十年来郑金辉一直在刻苦学习诗词特别是近体诗词的格律音韵，尤其是平水韵，注重在语言文字上推敲锤炼琢磨，试图用诗词体现出一种文字之美、情感之美，更重要的是，寄寓表达自己的一种情思、一种意境、一种意义，写出有意味的诗词来。他将自己于人生练达世事洞明之后的一些体悟感受都写入了诗词，因此，他的诗词是一种有想法、有追求、有意境、有意味、有意义的诗词。

郑金辉的创作更多地将自己的经历阅历，包括他自己所说的"心历"——心路历程，心灵历程，凝练成诗词，他的诗作内容广博丰富，是一种有"我"的、有性情的诗歌。他不仅仅写时事，写当下的一些最新鲜的事物，那些能够体现我们这个时代伟大变革的事件和人物，表现人物的精神与风采，也注重写历史典故、二十四节气、成语故事，二十四史上重要的人和事，写自己在人生行旅中、在成长路途中的所见所闻，所思所感，也写自己所生活的那片土地，其生于兹长于兹、念兹在兹的莆田仙游的乡土人情——那也是我的家乡的乡土人情、风景风物、地理人文、习俗礼仪等等。这其中，有元宵节、寒食节、三月三、七夕乞巧、重阳赏菊、嫁女扫墓、戽水劳作、制食红团等等这样一些地方性事物，也包括像天马山、麦斜岩、菜溪岩、九鲤湖、仙水洋、大蚶山等等这些莆仙标志性的景点景物。譬如，《九鲤飞瀑》："何氏飞天乘鲤去，奔泉仍旧化霞烟"，引用何氏九仙乘鲤鱼羽化成仙的传说。《菜溪幽壑》："传闻僧道结庐修，洗菜随波逐叶流"，引用的是关于菜溪岩名称由来的历史传说。《忆江南·春节习俗六首》对于"扫巡"（大扫除）、舂米做年糕、除夕守岁、祭拜灶公、正月初五"做大岁"（过大年）的描写……郑金辉对诸多在莆仙两地脍炙人口、妇孺皆知的故事、传说、习俗等的引述和描写，都让人倍感熟悉亲切，因此，在诵读郑金辉诗词的同时，让我重返了一次故乡，重温了昔日所经历的那些生活的艰辛与困苦，也重温了一遍家乡乡土的气息和过往历史的风烟。可以说，

他的诗作确是一种"以我手写我心""以我诗抒胸臆"的诗词。

在郑金辉的笔下，几乎无事无物不可入诗。一路行走，一路所遇之任何物事，都能带给他感悟与情思，都能激发他诗词创作的灵感，这其中自然也包括草木有情，田园记忆，行旅感悟，宦途体会，史事典故，传统文化等等。甚至也有近些年来的新闻焦点社会热点，如傅园慧的"洪荒之力"、女排精神、中国天眼、G20杭州峰会、"蛟龙号"探海、国产航母下海、大飞机试飞、两栖飞机首飞、量子计算机诞生、朱日和阅兵、香港回归二十年、恢复高考四十年等等，实可谓：天下之事，事事入心；民声人声，声声入耳。

作为一个诗坛新人，郑金辉对诗词有自己的体悟和感受，他竭力去警惕那些伪诗词、假诗词，力图以诗词寄托自己的情意，基于自己的思考思想而让诗词体现出情感之美、立意之美。譬如，《赋家风四字经四首》分别对"和""实""勤""博"四字家风进行阐释与解读，劝勉子弟家人要"处事为人诚礼信""乐善仁慈亮节行""关怀社稷达深宏"。《食蔗从梢》："从小艰辛老大恬，犹如食蔗到头甜"，以从蔗梢开始吃甘蔗比喻从小受苦到老便会安恬，讲述了一个浅显的人生哲理。

郑金辉的诗词，还是一种言之有物的诗。他的创作尤其关注当下，注重反映现实，反映生活，反映与平常百姓休戚相关的各种事件、事情和事物，体现了"文章合为时而著，歌诗合为事而作"的中华诗词的优良传统。

在创作上，郑金辉还经常进行各种有益的尝试和探索。譬如，《暑季吟》对以题字离合的"离合诗"的尝试；《题躺吸鸦片和躺玩手机并图二首》对古人躺着吸食鸦片同今人躺着把玩手机二者对比着来写，极尽讽刺，别具趣味。

我不是一个诗人，对旧体诗词的了解亦相当有限，因此我对于郑金辉诗词的评价，与其说是一种评论，毋宁说是一个读者的读后感。祝愿郑金辉这位"诗坛新秀"不断有更好的作品奉献给读者。

己亥年元月　试笔于北京

（作者系中国作协创研部副主任，研究员。）

# 起承转合连贯　意脉深远悠长

## ——读樟林乡曲《七律·午日绥溪咏诵感怀》

潘真进

在绥溪柯氏修史堂举行的"丁酉端午吟诵"活动期间，有幸读到近百首的应征诗词作品，其中有樟林乡曲的《七律·午日绥溪咏诵感怀》一首，让我想试着品读一下。

樟林乡曲《七律·午日绥溪咏诵感怀》：

浑然斯水汨罗悠，也有深怀竞渡舟。

共聚新堂包角粽，同题古韵唤珠喉。

犹闻泽畔千年唱，岂慰灵前半日酬。

脉脉清波流不尽，沙鸥谓我意何求？

这首七律给我的第一印象是立意挺拔，气脉连贯，结构严谨，起承转合自然，意境蕴含丰沛。作者想象绥溪咏诵现场的情景，萦怀感慨，寄意深远。整首诗语感顺畅，朗朗上口，非常适合吟诵。

首句起笔放得很开，"浑然斯水汨罗悠"，单刀直入指出绥溪的水"浑然"犹如汨罗江的悠远，绥溪之水令人遐思浮想；紧接着"也有深怀竞渡舟"，既突兀又自然，现场感与历史感被"浑然"一词融合得天衣无缝。"斯水"和"深怀"是在现场，而"汨罗悠"和"竞渡舟"却有历史意蕴。首联挟题而起，开句挺拔，托题造势，题寓势中，统领全诗。首联"起"就出现变化多端的态势，引人注目而启人思考。

胸联衔接首联，直接写到现场的情景："共聚新堂包角粽，同题古韵唤珠喉。""承"笔紧接破题却语气和缓，对仗工整巧妙，既有"共聚"包粽的端午民俗活动，又有"同题"的诗词吟诵场面；"新堂"就是移建在绥溪公园的柯氏修史堂，"古韵"就是指放开歌喉吟诵诗词。此联如骊龙之珠，抱而不脱。

腹联与胸联之意相应相避，从写场面转入写意境："犹闻泽畔千年唱，岂慰灵前半日酬。"这"转"得非常高明，把现场的吟诵联想到"千年唱"，把告慰屈原的传统的纪念当作"半日酬"。既呼应胸联的现场感，又转折突起，顿生波澜，从"犹闻"到"岂慰"，有起有伏。这半天的纪念活动是远远不够的，如疾雷破山，听者惊愕，把"半日"与"千年"的关系紧密融汇，崛起诗意的审美境界。

中联两组相互照应藕断丝连，意脉不断遥相呼应，却又相互回避，从"承"到"转"，由实入虚，先横后纵，横向打开，出现纵切深邃，如跃上更高的意境台阶，另辟新境，以大跨度的腾跃超常规的跨越势态反问，另辟蹊径地拓新高远意境。

尾联的"合"笔既承接上联，又回应首联："脉脉清波流不尽，沙鸥谓我意何求？"在自然顺畅中点破主题，出其不意棋高一着，兜揽全诗，收束有力。绥溪的水如同"脉脉清波"，怀念屈原的传统永远延续下来，碧水蓝天中的飞翔沙鸥也在欣赏"端午吟诵"的场面，而且以拟人的手法"谓我意何求"，真是妙趣横生，却在诘问中意味深长。到底这样在溪边吟诵意何求呢？原来以这样

起承转合连贯　意脉深远悠长

的反诘来归结主题，也就是全诗的立意。尾联紧扣题目发端铺垫，笼罩全篇，画龙点睛，托住全诗，言有尽而意无穷。

樟林乡曲的这首七律诗，起中有合，合中有起，首尾呼应；承与转又能兼顾起合，上下勾连，一脉相承。起承转合之间互相依存，互为作用，意脉流畅；全诗字字切题，层层递进，上下相生，转折自然，别开生面，独运匠心；宏观谋篇，微观炼意，有着严密的逻辑结构和辩证思维。

（原载 2017 年 6 月 11 日《湄洲日报》，收录时略有修改。）

（作者系莆田市诗词学会秘书长。"樟林乡曲"系本书作者笔名）

# 后记：心若在，梦就在

真的没想到，在我退休之年，居然也有千来首诗稿放在案头上。面对这些诗作，还是感到喜忧参半。喜的是近几年的笔耕有了初步成果，忧的是这叠诗稿能不能得到社会认可？

回想起来，我是在零的基础上开始学诗的，也许，有人以为我是在"卖萌"，其实就是这样走过来的。2011年，我从县区调回市直机关，已经看到了"天花板"。于是，我利用业余时间开始暗暗做好"打基础"工作。

"当思高适志，应效老泉行"，这是我在《老来始学诗》中写下的一句话，以励志前行。我开始翻箱倒柜，把过去读过的中文专业书籍和资料找出来，尤其把北京大学几位老教授的古代文学讲义材料熟读几遍，觉得还不过瘾，又网购上百册有关诗词的专著进行阅读，诸如施蛰存《唐诗百话》、蒋绍愚《唐诗语言研究》，以及刘公坡《学诗百法学词百法》等。另外，还浏览历史，通读典故。年老记不住，就着手做笔记，每天坚持读古人的作品，一坐就是几个小时。家人都夸我读书干劲不减当年。"读书破万卷，下笔如有神"，今天我真正体会到杜甫这一至理名言。

莆田市文联王主席给我量身定制专攻"平水韵"，走近体诗创作之路。2015年开始尝试写诗，并在中华诗赋网注册会员，正

式以"樟林乡曲"（樟林是我老家的村名）为笔名发表作品，得到刘站长的鼓励，同时也受到其他诗友的热情支持，并参与站务组织工作。诗友汤安在网上看到我的《花甲感怀》诗时，欣然赐玉，以《贺樟林兄坐望一甲》为题写道："逢甲于今类少年，樟林乡曲共婵娟。诗思翻想君高尚，花季尤宜和谪仙。"莆田市诗词学会也是一个很好的交流平台，在郑会长的鼓励下，我多次组织诗词交流学习活动，诸如端午节诗词朗诵会、个人的讲座以及唱和诗篇的编辑工作等等，从中得到锻炼和提高。莆田以及蚩山诗社吟友经常和我交流学习，尤其是听了中华诗词学会副会长范诗银、刘庆霖以及厦门老年大学余元钱老师的讲座，由此引起的讨论让人难以忘怀。

参加各种诗赛活动，也是一种提升创作水平的有效途径，我的作品《咏和实勤博之家风》《谒中山陵》等获得全国性奖项，还应邀到杭州出席颁奖仪式。《湄洲日报》2017 年 3 月 31 日在头版头条上作了报道。诗作《谒中山陵》经过从未谋面的外地书法家再创作，在深圳市图书馆展览。《吟三门峡》《孝道》等作品还被收录到参赛作品集中，另有一些作品刊登在报刊上。2018 年，受莆田组委会委托，我参加了"莆田工美杯"全国诗词大赛的初评工作，也得到锻炼。个人还获得全国、福建等诗词学会会员资格，所有这些都极大地增强了我创作的信心。

诗如婴儿，一生下来就有自己的胎记，这胎记就是诗人的阅历和心历。我出身农家，种过田地，考进院校，执过教鞭，供职基层，走进机关，从事公务，拜位处级，这些经历都成了我的诗材。我觉得写自己熟悉的题材比较容易上手，唐代郑繁说过"诗思在灞桥风雪中，驴子背上"，是很有道理的。

　　我把这些吟稿，分九章进行修编，章节标题是从每章中挑选的诗句，不一定能涵盖每章之意，但已尽洪荒之力。在编选过程中听取了金盛、金德、金雄兄弟的意见，得到福建省委宣传部版权处郑开辟以及福建省社会主义学院、福建省中华文化学院副院长马建荣的大力支持。莆田诗词学会秘书长潘真进惠赐赏读文章，中国作协创作研究部副主任李朝全撰写独到书评，福建省文史研究馆馆员、研究馆诗书画研究院副院长方纪龙画菊寄兴，国务院侨务办公室纪检组原组长林文肯题词勉励，著名文学评论家、福建师大教授、博导孙绍振作序评价，为拙著增色不少。

　　由于写作时间不长，加上东涂西抹，难免存在错谬之处，恳请读者提出批评意见，在这里一并表示感谢。

郑金辉

2019 年 1 月 28 日于莆阳

后记：心若在，梦就在

# 图书在版编目(CIP)数据

菊解闲人意/郑金辉著. 一福州:海峡文艺出版社,2019.5(2024.3重印)
ISBN 978-7-5550-1867-4

Ⅰ.①菊… Ⅱ.①郑… Ⅲ.①诗集－中国－当代 Ⅳ.①I227

中国版本图书馆 CIP 数据核字(2019)第 094204 号

## 菊解闲人意

郑金辉　著

| | | |
|---|---|---|
| 出 版 人 | 林　滨 | |
| 责任编辑 | 陈　瑾 | |
| 编辑助理 | 张琳琳 | |
| 出版发行 | 海峡文艺出版社 | |
| 经　　销 | 福建新华发行(集团)有限责任公司 | |
| 社　　址 | 福州市东水路 76 号 14 层 | |
| 发 行 部 | 0591－87536797 | |
| 印　　刷 | 三河市兴博印务有限公司 | |
| 厂　　址 | 河北省廊坊市三河市杨庄镇大窝头村西 | |
| 开　　本 | 787 毫米×1092 毫米　1/16 | |
| 字　　数 | 220 千字 | |
| 印　　张 | 20.5 | 插页　2 |
| 版　　次 | 2019 年 5 月第 1 版 | |
| 印　　次 | 2024 年 3 月第 2 次印刷 | |
| 书　　号 | ISBN 978-7-5550-1867-4 | |
| 定　　价 | 99.80 元 | |

如发现印装质量问题,请寄承印厂调换